유 아 마이 선샤인
레지나 칭칭나네

유 아 마이 선샤인 **레지나 칭칭나네**

펴 낸 날/ 초판1쇄 2024년 4월 22일
지 은 이/ 레지나 채

펴 낸 곳/ 도서출판 기역
편   집/ 책마을해리

출판등록/ 2010년 8월 2일(제313-2010-236)
주   소/ 전북 고창군 해리면 월봉성산길 88 책마을해리
              경기도 파주시 회동길 363-8 출판도시
문   의/ (대표전화)070-4175-0914, (전송)070-4209-1709

ⓒ 레지나 채, 2024

ISBN 979-11-91199-91-8   03810

소셜워커 레지나 채 치유 에세이

유아 마이 선샤인
레지나 칭칭나네

레지나 채 지음

ㄱ

특별한 사람들의 특별한 이야기

십여 년 전 일입니다. 어느 대학에서 Harm Reduction(해악감소) 프로그램에 대해 특강을 몇 번 진행했어요. 중독자들을 어떻게 도와주어야 하는지, 이들을 어떻게 대해야 하는지에 관해 강의하고 난 어느 날이었습니다. 한국 학생 한분이 쫓아와서 제게 이야기를 하더군요. "오늘 강의한 내용을 혼자만 듣기 아까우니까 혹시 신문에 연재해주실 수 있느냐"고 말이죠. 마침 그 학생이 일하는 곳이 한국 신문사였는데, 그때부터 제 주변에서 늘 만나는 나의 정신 질환 고객, 중독자, 노숙자, 저소득층 이야기를 조금씩 기록하고 모아 연재하게 되었습니다.

십여 년 동안 글을 쓰고 있던 어느 해 제가 다른 주로 출장을 가게 되었습니다. 출장에서 만난 어떤 분이 신문에 연재되는 글에 실려있던 제 사진을 기억하고 알아보시며 말씀하셨죠. "레지나 소장님, 제가 십년 전부터 신문에 실린 당신의 글을 읽으면서 많은 위로를 받고 힘을 내고 있습니다. 그때부터 매주 당신의 컬럼을 모아놓고 있어요." 얼마 뒤, 이분이 지난 십년 동안 모아둔 신문 칼럼에 실린 제 글을 가지고 제가 머물던 호텔로 오셨습니다.

이분의 따뜻한 격려에 감동을 받았습니다. 이분을 포함한 제 글을 사랑해주시는 많은 분들 덕분에 용기 내어 책을 내게 되었습니다.

글을 전문으로 쓰는 작가는 아니지만, 오랜 시간 직장과 주위에서 일어나는 일상생활 이야기, 그렇지만 평범한 삶의 이야기가 아닌 특별한 사람들의 특별한 이야기를 책으로 펴낼 수 있어서 기쁩니다.

이 글과 만나는 모든 사람들에게 좋은 삶의 교재가 되기를 진심으로 기대합니다.

— 레지나 채(워싱턴가정상담소 소장, 킹 카운티 맨탈헬스카운셀러)

차례

곡비(Keener)

다시 눈물샘이 터져버렸다. 죽은 ○○이 즐겨 찾던 곳이었기에 ○○을 담당하고 있던 카운슬러들은 ○○의 마지막 가는 길로 이곳을 택했다. 이 친구에게는 세 명의 카운슬러가 있었다. 퀸앤 언덕까지 운전해서 올라가는 내내 차 안에 있던 우리 세 명의 카운슬러와 데스크를 지키는 리셉셔니스트(안내 직원)까지 네 명은 아무런 소리를 내지 않았다. 아니, 어쩌면 무슨 말을 해야 할지 몰랐던 것 같다.

시애틀의 날씨는 유별나다. 아침에 밝은 하늘에 따뜻한 태양을 보여주다가도 낮엔 한겨울처럼 쌀쌀하다. 차가 멈춰 서고, 내리려는데 생각보다 거친 바람이 매섭게 불어왔다. 이 바람은 태평양 바람일 터이니 더욱 거세겠지! 우리 일행 중 ○○하고 제일 오래된 하우징 카운슬러가 물어온다.

"하이, 레지나 오늘은 재를 뿌리기엔 날씨가 좀 나쁜데?"

잠시 아무도 대답이 없어서 내가 한마디했다.

"아니야, 바람이 불어도 오늘은 보내 줘야 해! 언제까지 ○○의 재 박스(유골함)를 갖고 있을 건데? 그리고 내 사무실에 더 이상 ○○의 재 박스를 두고 싶지 않아! 난 오늘 ○○을 그냥 보내야 한다고 생각해."

차에서 아직도 내리지 못하고 망설이는 동료 카운슬러에게 나는 "그럼 불편한 사람은 차에 있고 나머지 사람들이 나가서 뿌리지 뭐"라고 했다.

내 말에 프런트데스크 직원이 얘기한다. "아니 여기까지 우리가 함께 왔는데 두 사람만 나가서 재를 뿌리는 것은 말도 안 돼!" 그리고는 앞장서서 차 문을 열고 밖으로 나섰다. 모두 잠시 고개를 숙여 돌아가면서 명복을 비는 한마디씩 하였다. "잘 가라! 그리고 그곳에서는 너를 사랑해주는 부모님을 만나서 행복한 삶을 살렴!" ○○을 가장 오래 보았던 리셉셔니스트는 눈물을 방울방울 떨어뜨리며 마지막 인사를 한다. "○○야, 정말로 잘 가라!" 그의 말이 끝나자 꾹꾹 눌러왔던 나의 눈물샘이 기어코 터지고야 말았다.

○○이 비가 억수같이 쏟아지는 날 길거리에서 혼자 죽었다는 소식을 들었을 당시, 가슴이 미어지고 숨을 쉴 수 없게 답답했다. 그리고는 한참을 아팠다. 오늘은 울지 말고 보내야지, 라고 다짐했다. 오히려 함께 간 동료들을 위로해주고 그들에게 힘이 되어 주고 싶었다. 그런데, 참지 못하고 눈물샘이 터져

버렸다. 재가 들어있는 블루박스 안으로 손을 집어넣고 장갑 낀 손으로 재를 한 움큼 쥐어서 바람이 부는 반대 방향으로 뿌리는데, 눈물이 앞을 가리고 불어오는 찬바람에 가슴이 막혀서 숨 쉬기가 불편했다.

우리 모두 이곳으로 올라오기 전 약속을 했다. 죽은 ○○이 말을 안 들었으니 얄미워서라도 울지 말자고! 그렇지만 모두 울고 말았다.

우리는 ○○을 제대로 바로 살게 세워보려고 열심히 노력했지만, 중독이 심한 ○○을 구제할 수 없었다. 늘 약에 취해 휘적거리며 시애틀 다운타운과 퀸앤 지역을 헤매던 ○○. 우리 네 사람은 블루박스의 재가 바람결 따라 다 날아간 뒤에도 눈물을 흘리고 있었다. 차를 타고 다시 돌아오는 차 안은 말 한마디 없이 적막했다. 나는 사무실에서 ○○이 마지막으로 나에게 남긴 메모를 찾아들며 또 다시 울었다.

친하게 지내는 아일랜드인 친구가 있었다. 오랫동안 친구이다 보니 함께 지내면서 겪은 일들이 많은데, 이 친구와 나는 신나게 얘기를 나누다가 슬픈 얘기가 조금만 나오면 눈자위가 빨개지며 눈물이 글썽거리고 급기야는 둘 다 훌쩍거리며 울곤했다.

사람들은 우리와 죽은 사람이 무슨 혈육적 연결이라도 있는 줄로 생각했다. 아일랜드 친구하고 나는 우리의 눈물샘에 대해 한참 얘기를 나누며 아무래도 너와 나는 아르바이트로 '키너(Keener, 곡하는 여자)'가 되어야겠다고 했다(Keener는 아일랜드에서 장례식에 와서 울어주며 장례식의 분위기를 이끄는 사람들로 일컫는다). 예전에 한국에도 대리곡사가 있었는데, 한자로는 곡비(哭婢)라고 불렀다. 곡비들은 상갓집에 가서 대신 울어주고 품삯을 받았다. 옛날에는 7일장이 보통이었다. 교통이 불편해서 누군가가 돌아가셔도 직접 사람들이 가서 연락해야 하기 때문에 곡비들은 꼭 필요한 존재였던 것이다. 까무러칠 듯이 울어대는 곡비들의 곡소리에 이승에는 눈 못 감고 떠도는 죽음이 하나도 없었다는 이야기를 아일랜드 친구와 나눴다.

오늘 퀸앤 꼭대기에서 태평양 바닷바람에 이승에서의 삶을 마감한 내 홈리스 고객 ○○을 생각하면서 가슴이 미어지게 슬픔이 밀려온다. 행복함 없이 아프게만 살다간 그 친구의 마흔여덟 인생이 너무나 가여워서 소리도 없이 눈물이 빗물처럼 내리는 날이다.

애나

출근하는 길 내가 탄 버스가 웨스트레이크 역에 멈춰 섰다. 여기서 내려 몇 블록 걸어가면 내 사무실이다. 보통 7시에 출근하는 직원들이 없으니, 나는 혼자 사무실에 들어가서 물을 끓여 뜨거운 차 한 잔을 마시며 좋아하는 음악을 틀어놓고 5분간 묵상의 시간을 가진 다음 일을 시작한다.

사무실로 걸어가는 길목에는 밤에 쉘터(보호소)에서 자고 밖으로 쏟아져 나온 홈리스들(쉘터는 보통 저녁 8시면 재우고 새벽 5시면 밖으로 이들을 내보낸다)이 길바닥에 누워 새우잠을 자거나 약에 취한 채 고꾸라져 있다. 우리 사무실을 이용하는 홈리스 가족들은 저만치서 "굿모닝, 레지나!" 하고 아는 체를 하기도 한다.

애나 생각을 하면 가슴이 찡하게 아파온다. 지금 애나는 40대 중반이 되었다. 애나는 늘 코카인이나 메스암페타민(필로폰) 등 약에 중독되어 자신의 몸을 가누지 못하고 동네 건물 계단 한구석에 꼬꾸라져 있다. 어쩌다 길거리에서 애나를 만날 때가 있는데, 애나는 몽롱한 상태로 약에 심하게 취한 상태여서 아무리 흔들어보아도 눈조차 뜨지 못할 때가 많다.

홈리스들과의 신체접촉으로 인해 기관지가 약한 나는 매년 폐렴을 앓고 겨울이면 거의 감기를 달고 산다. 여름에는 알레르기가 심해 늘 기침을 한다. 이러니 내 가슴에 안기는 애나를 안아주지 못했다. 흔들리는 애나를 두 손으로 붙잡고 중심을 잡아 자리에 앉혔다. 물론, 애나는 그런 나를 충분히 이해한다. 언젠가 내가 폐렴에 걸려 사무실을 2주간 나가지 못하다가 다시 출근했을 때, 애나가 찾아와 "Hey! sick person Regina(헤이, 아픈 사람 레지나) 아프지 말아야지! 그래야 우리를 도와주지"라고 했던 기억이 있다. 오늘도 사무실로 향하기 전 웨스트레이크 주변을 이리저리 살피며 애나를 찾았다. 애나는 그곳에 없었다. 무거운 마음으로 사무실로 들어와 일을 시작하려니 예전 애나가 만든 작은 마른 꽃 부케가 시선을 끈다.

애나는 열네 살 때 집에서 도망쳐 나왔다. 애나가 여덟 살 때 애나의 아버지는 병으로 죽었다. 애나의 엄마는 남편이 죽자 힘들어하다가 다음 해 급히 새로운 남자를 만났다. 혼자 아이를 키우며 살 자신이 없어 남자를 만난 것이 큰 실수였다. 성실한 전기공으로 가정을 위해 살아온 애나의 아버지와는 달리 애나의 새아빠는 겉으로는 멋지게 보였지만, 별로 하는 일도 없이 애나의 아빠가 남긴 돈을 낭비하며 술에 취한 채 비틀거리기 일쑤였다. 때로는 코카인도 하면서 자주 인사불성이 되었다. 새아빠와 생활한 지 2년 후 애나의 돌아가신 아빠가 열심히 일하여 장만한 집까지 은행에 빼앗겼고, 결국 애나네 가족들은 작은 아파트로 옮기게 되었다. 그곳에서도 새아빠의 이상 행동으로 이웃들의 항의를 받고 쫓겨나 남의 집 차고에서 지내다 정부가 마련해준 영세민 아파트에서 살게 되었다. 애나 엄마가 두 아이와 남편의 생활을 위해 마켓에서 일하면서 겨우열 살이 된 애나가 집안일을 도맡았다고 한다. 애나의 불행한과거 이야기는 새아빠의 성폭력 이야기까지 나오면서 더 들을수 없었다.

애나가 우리 프로그램에 들어오게 된 것은 14년 전이다. 나는 차이나타운 다리 밑에 차를 주차하고 사무실까지 걸어 다녔다. 다리 밑 몇몇 남자 홈리스 그룹 안에 작고 왜소한 금발여자가 끼어있는 것이 눈에 띄었다. 어느 날 어떤 홈리스 남자에게 머리채가 잡혀 이리저리 흔들리는 애나를 보았다. 나는주머니 속으로 손을 넣어 페퍼스프레이(최루액, 최루분말 분사기)를잡은 뒤 이들에게 다가가 무슨 일이냐고 물었다. 이렇게 애나와의 만남이 시작되었다. 이날 나는 911을 부르고 페퍼스프레이를 뿌려 이들 그룹에서 애나를 떼어내어 내 차로 데려 왔다.
잠시 후 911이 오고 곧바로 애나는 하버뷰병원으로 실려 가몸이 회복될 때까지 머물렀다. 애나가 병원에서 정신을 차리고 이틀 후, 나는 병원에 방문하여 애나에게 나를 소개하고 도움을 주겠다고 했다. 이미 세상에 지쳐버린 애나는 퇴원 후에 순순히 우리 프로그램에서 마련해주는 그룹홈으로 들어와 살게 되었다.

새아빠의 성폭력에 지친 애나와 애나의 여동생은 엄마에게 새아빠의 성폭력 사실을 말했다. 이미 새아빠와 함께 약물중독자가 된 엄마는 "네년이 내 남편을 빼앗아갔다"며 애나를 두들겨 팼고, 그날 애나는 정신없이 집을 뛰쳐나왔다. 그 후 애나는 자기 집하고는 먼 거리에 있는 이곳까지 오게 되었다. 열네 살 어린 소녀가 거리에서 당한 일은 너무나 슬프고 마음이 아파서 다 쓸 수 없다.

이미 정신도 몸도 황폐해진 열여덟 살 애나 앞에 스무 살 로버트가 나타났다. 로버트 역시 홈리스 청년이었는데, 둘은 외로워서 더욱 사랑하고 열심히 아꼈다. 그러나 애나가 임신 4개월 때 로버트는 길거리에 있던 홈리스 친구가 건네준 메스를 너무 많이 먹고 죽어버렸다. 얼마 후 애나가 낳은 아기는 정부가 보호하다가 입양 보내졌다.

우리 그룹홈에 살게 된 애나는 재주가 많은 여자였다. 아버지가 살아있을 때 배웠다는 피아노 연주실력은 수준급이었고, 피아노를 치면서 노래를 부르면 그 목소리가 너무 아프고 구슬퍼서 가슴 에이는 슬픔이 느껴지기도 했다. 또 손재주가 많아서 마른 꽃, 시든 꽃을 가지고 멋진 부케도 만들고 틈이 나면 삶에 대한 시도 썼다. 가끔 약물중독으로 생긴 망상증으로 그룹홈을 뛰쳐나가기도 했지만, 애나는 그런대로 재활 프로그램에 잘 적응하였다.

어느 날 애나가 우울증으로 밥도 못 먹고 약도 삼키지 못할 정도로 몸이 약해졌다. 상담 결과 애나가 낳자마자 입양시킨 아들을 그리워한다는 사실을 알게 되었다. 우리 직원들은 애나 아들이 입양된 곳을 찾아내어 양부모와 상의하여 애나 모자 상봉을 추진했다. 애나는 꿈에 그리던 아들을 보게 되었다. 애나의 아이는 임신 중 약물중독으로 아주 심한 장애를 갖고 태어났다. 태어나자마자 보지도 못하고 입양시킨 아이가 심각한 장애를 갖고 이제 청년이 되어버렸다는 사실에 애나는 너무나 커다란 죄책감을 느꼈고, 또다시 약에 의존하게 되었다. 그 후 얼마 안 되어 애나는 우리가 제공해준 그룹홈을 떠나 다시 시애틀 거리를 헤매었다. 어쩌다 우연히 마주친 애나는 머리는 산발인 채로 옷은 다 벗겨질 대로 벗겨져 있고 신발도 제대로 신지 못한 채 다녀서 우리 가슴을 아프게 했다. 그마저도 며칠 씩 다운타운 거리에서 안 보이면 마음이 무거워진다.

"애나, 이젠 들어올래?"

정신없는 애나가 내 말을 들었으면 좋겠다. 흐느적거리는 애나가, 더러운 얼굴을 한 애나가 나를 흘깃 쳐다본다. 그리고 또다시 고개를 수그리는데, 그 작은 등이 왜 이렇게 애처로워 보이는 걸까? 애나, 어떻게 해야만 네가 제정신으로 살아갈 수 있을까? 말해주렴!

인생 참 힘들다

사무실 동료 E가 3일째 출근을 하지 않았다. 카운슬러가 80명이 조금 넘는 우리 사무실에서 E와 나는 아주 가깝게 지내는 사이였다. 우리 둘은 보통 며칠 동안 사무실에 못 나오게 되면 무슨 사정인지에 대해 서로 미리 이야기를 나눴는데, 이번에는 말도 없이 3일간 결근이다. 나흘째 되는 날 아침 일찍 아무래도 E에게 전화를 해봐야겠다고 생각하며, 혹시라도 하는 마음에 E의 사무실로 가 보니 E가 자기 사무실에서 조용히 고개를 숙이고 앉아있는 것이 아닌가.

아니 무슨 일이지? 보통 9시에 출근하는 친구인데, 며칠 동안 소식도 없다가 웬일로 아침 일찍 온 것일까? 아직 직원들이 나오려면 한참 있어야 한다. 나는 잠시 E를 바라보다가 E의 등 뒤로 가서 E의 어깨를 살짝 건드려 보았다. 고개를 돌린 E의 눈에 눈물이 가득 차 있었다. E는 자리에서 일어나더니 무너지듯 나에게 안기면서 통곡하기 시작했다. 나는 너무나 놀라서 두 팔을 벌려 E를 감싸 안으며 등을 가만히 쓰다듬었다. 겨우 마음이 진정된 E가 숨을 크게 들이쉬더니 말을 시작했다.

"레지나, 우리 큰아들 알지? 이번에 대학 졸업한 아들…."

E의 큰아들은 엄마 아빠의 잘난 점만 모은 듯한 용모에 키가 훤칠한 청년이었다. 그 아들이 약을 많이 먹고 자살시도를 했다고 했다. 나는 너무 놀라서 한참 아무 말도 못하고 있다가 이유를 물었다. 올여름 초에 시애틀 근교에 있는 대학을 졸업한 E의 큰아이가 오랫동안 사귀던 여자친구가 있는데, 그 여자 친구가 아무 말도 없이 별안간 사라져 버렸단다. 영문을 모르는 E의 아들은 여자친구를 찾아 헤맸고, 수소문 끝에 그 여자아이가 집으로 돌아왔다는 사실을 알게 되었단다. 여자친구 집을 찾아갔지만, 문도 안 열어주고 만나주지도 않자 괴로운 마음에 자살을 시도했다는 것이다. E는 연락을 받고 병원에 달려갔고 좀 안정이 되자 퇴원시켜 집에 데려오려고 했는데 싫다고 해서 아들 집에 데려다주고 오는 길이란다. E는 마음이 너무 아프고 불안하다고 했다. 아들이 자신이 살던 집으로 돌아오고 싶을 거라는 생각을 못한 자신을 나무랐다. 나는 자책감에 힘들어하는 E에게 지금이라도 늦지 않았다며 다시 아이들과 함께 살던 집을 렌트한 사람을 내보내고 다시 이사 오라고 조언했다. 그리고 아이들이 아무 때나 돌아오고 싶을 때 올 수 있도록 문을 열어주라고 했다.

나는 현재 일하는 카운슬링 오피스에 다닌 지 15년 이상 되었다. 우연히도 E는 나와 한 동네에 살고 있었고, E의 남편은 유명병원 의사였다. 18년을 가정주부로 아이들만 키우며 살아온 E에게 남편이 이혼을 요구했다. 새로운 사랑이 생겼다며 집을 나가 버렸다. E는 남편을 원망하고 증오하면서 시간을 보냈다. 그러다 문득 혼자 살아가려면 직장을 찾아야겠다며 고민했다. 대학 때 전공했던 심리학을 살려 일하면 좋겠다는 결론을 내리고 여기저기 직장을 찾아보았으나 거의 20여 년간 일하지 않던 E에게 구직은 '하늘의 별 따기'였다. E는 고등학교 졸업반인 아들과 9학년인 아들을 키우면서 대학원에 들어가 MSW(소셜워커[1] 석사) 학위를 마친 후 우리 사무실에 인턴으로 들어올 수 있었다. 내가 E를 담당하는 슈퍼바이저가 되었고, 우리는 나이도 비슷하고 한 동네 산다는 이유로 아주 친하게 지냈다. E는 인턴으로 열심히 일하면서 실력을 갖추어나갔고 인턴을 마치고 나의 적극적인 추천으로 우리 사무실 정식 카운슬러로 일하게 되었다.

나는 퇴근 후에는 워싱턴 가정상담소 일을 위해 얼른 달려가야 했다. 우리 홈리스 고객을 무료로 변론해주고 어려운 법정 문제도 해결해주는 친절을 베풀던 한국인 변호사의 부탁으로 퇴근 후 시간을 쪼개가며 영어가 불편하고 법적인 도움이 필요한 고객들을 돕고 있었다.

----

1) 소셜워커: 어린이나 청소년, 여성, 노인, 장애인 등 복지 대상자를 선별하여 병원이나 후원자 등을 연결해주고, 이들이 자립할 수 있게 도와주는 사회복지사.

너무 바쁜 나머지 E에게 신경 쓰지 못하게 되자, E는 집이 너무 휑하고 외롭다며 자기와 같은 유대인(jewish)들이 많이 산다는 시애틀 근교 어느 섬으로 이사갔다. 그때 나는 대학에 가 있는 아이들이 학교를 마치고 살던 집으로 다시 올 수 있으니, 집은 그대로 갖고 있으면 어떻겠냐고 권유했다. E는 한참을 망설이더니 그러면 집을 렌트해주고 자기는 ○○섬으로 가서 아파트를 얻어 살겠노라고 했다. 그리고는 아침마다 페리를 타고 다운타운 직장으로 출근했다. 그러다 큰아들의 사고로 집을 그대로 둘 것을 제안했던 나의 말이 생각났다며 눈물을 흘렸다.

E의 얘기를 듣고서 하루 종일 머릿속이, 마음이 복잡했다. 부모의 이혼으로 방황했을 그때 그 아이들을 생각했다. 그때 E의 큰아이는 고등학교 졸업반이었다. 행복한 줄만 알던 부모님의 갑작스런 이혼이 얼마나 충격이었을까. 그후 혹시 너무 외로워서 여자친구에게 집착한 것은 아니었나? 온종일 생각이 많았다. 근무하면서도 E의 사무실 쪽으로 자주 지나가며 그를 눈여겨 살폈다.

이날이 월요일이었다. 매주 월요일 오후 3시에는 우리 사무실 전 직원 80여 명 중 우리 팀 39명(사무실에 근무 중인 정신과 의사 3명하고 수간호원 3명, 그리고 약사 포함)이 모여 케이스 토론을 했다. E는 소파에 푹 파묻혀 노트북만 바라보며 무엇인가를 끄적이고 있었다.

　회의를 마치고 E를 사무실 근처에 있는 프렌치 베이커리로
데리고 갔다. 친구가 좋아하는 글루텐 없는 페이스트리와 차
한 잔을 시키고 위로했다. 친구의 눈물샘이 터졌다. 그를 달래
던 나도 같이 울어버렸다.

포테토칩

F가 머물고 있는 헬스프로그램에 전화를 하니, 그가 전화를 받을 수 없을 것 같단다. F가 배가 너무 많이 불러 움직이기 어려울 것이란다. 만사를 제쳐놓고 가 보아야 했다.

내 사무실 전화로 메시지가 매일 기본적으로 열 개 이상 온다. 그런데 거의 모든 메시지가 그냥 대화 한번 하고 끝날 일이 아니고 여기저기 전화하거나 찾아가서 처리해야 할 경우이다. 죽어버리겠다는 협박성 메시지와 이불이 없어졌다든지, 아파트 전기요금을 내지 않아 강제 퇴거된다는 등 복잡하고 어려운 문제들을 해결해야 할 때가 많다. 매일 사무실을 방문해오는 고객들의 정신상담까지 합하면 이곳에서 일하는 우린 어쩌면 슈퍼맨이 아닌가 싶다. 그래서인지 대학원을 졸업한 지 얼마 안 된 새로운 직원들은 몇 달을 못 버티고 다른 곳으로 가버린다. 일도 힘든 데다 상대가 거칠고 냄새나고 때로는 위험하기까지 한 홈리스 중독자들이기 때문이다. 결코 재미있는 일이 아님이 분명하다. 어떤 날은 잠을 설친다. 내가 어찌 도와줘야 옳을까? 이들에게 진정한 도움이 되고 싶은데 그 일이 쉽지 않다는 것을 느낀다. 아무튼 오늘은 어떤 일이 있어도 F에게 가 보아야 한다.

모든 일을 뒤로 미루고 퀸앤에 있는 헬스센터로 차를 몰았다. 그래도 오늘은 내가 회사 차를 쓸 수 있어 다행이다. 버스를 타면, 가고 오고 그곳에 머무는 시간까지, 보통 4~5시간이 소요된다. 5시간이 소요되면 오늘 일은 문 닫는 것이다. 차를 몰아서 퀸앤으로 달려갔다.

내가 가고자 하는 헬스센터는 퀸앤 언덕에 자리 잡고 있다. 이곳을 찾아가는 길은 나처럼 운전하기 싫어하는 사람에게 거의 곡예 수준이다. 내리막길에선 브레이크를 밟고 천천히 가려다 보니 장딴지에 힘이 들어가 운전을 마치고 나면 다리가 후들후들거린다. 그리고는 다리 몸살을 앓기 일쑤다.

아니, 무슨 도망자 빠삐용 감옥도 아니고 어떻게 이렇게 길이 험한 꼭대기에 요양원을 만들어 놓은 거야! 혼자 중얼거려 본다. 주차 자리를 찾아 겨우 주차하고 차에서 내려 보니, 차 뺄 때가 막막하다. 저 좁은 틈 사이에서 어찌 빠져나올지 걱정이다. 헬스센터 문을 열고 들어가니 보통 때 같으면 휠체어를 타고 문 앞에서 나를 기다리는 F가 오늘은 보이지 않는다.

1층 프런트 방문객 명단에 이름을 적고 2층 환자들이 머무는 곳으로 찾아갔다. 지난 2년간 자주 보던 간호사들, 청소하시는 분들이 반갑다고 "하이! 레지나", "게파사! 레지나" 하고 여기저기서 불러댄다. 아니 내가 시장에 출마할 것도 아닌데 저렇게 많은 사람과 아는 체를 했었나, 하는 생각에 슬며시 웃음이 일었다. 겨우 찾아 들어간 방에 커튼을 살짝 열어보니 나의 사랑하는 고객 F가 눈을 빼꼼히 뜨고 아기처럼 배시시 웃는다. 반갑다는 이야기이다. 웃는 얼굴을 보니, 너무 이쁘다. 천사 같다.

그런데 3주간 못 본 사이에 얼마나 몸이 말랐는지 바람 빠진 풍선 같은 얼굴이다. 그래도 얼굴은 그동안 F에게 쌓여있는 상처, 고통, 아픔 등의 얼룩들이 모두 사라진 듯 편안해 보였다. F는 나를 보고 일어나려 했지만, 혼자 일어나지 못했다. F는 수박만 한 배를 보여주더니, 뼈만 남아있는 손으로 내 손을 잡으며 "레지나, 이것 좀 봐. 이 안에 뭐가 들어있을까?"라면서 키득거리고 웃는다. 그리고는 다시 얘기한다.

"레지나, 이 안에 돈이 잔뜩 들어있으면 좋을 것 같아!"

배가 너무 불러 힘들 텐데도 어떻게든 좋은 쪽으로 생각해보려는 F를 보니 그동안 내가 F를 만나면서 했던 일이 그다지 헛되지는 않았구나, 하는 생각이 들면서 뭉클하다.

F는 이곳에 들어오기 전에는 매주 나를 만나러 왔다. 어릴 때 너무 많은 상처를 받고 자란 F는 그야말로 악에 받쳐서 '깡

생깡사'였다. 체격은 5피트 2인치(약 157cm), 몸무게는 125파운드(약 57kg) 정도였는데 어찌나 성격이 못되고 포악했는지, 누구라도 자기 눈에 거슬리면 '이판사판'으로 대들고 덤벼들었다.

F는 알코올 베이비였다. F의 엄마가 F를 낳고 술에 젖어 살면서 아기가 울면 입안에 알코올을 한 방울씩 넣어주고는 아이를 팽개쳐 두었다. 알코올 베이비로 자라 아홉 살이 되어서는 알코올 없이는 살 수 없는 정도가 되었으니, 평생을 가슴 아프게 살아온 인생이다.

언젠가 F는 나에게 이런 말을 했다.

"레지나, 내가 다시 태어난다면 정상적인 보통 가정의 아이로 태어나고 싶어. 그리고 평범한 엄마 아빠의 사랑을 받으며 살고 싶어!"

그는 모든 카운슬러들의 기피 대상이어서 어쩌면 내가 더 맡아야겠다고 생각했던 것 같다. 이 친구에게 친구가 필요할 것 같았다. 그리고는 매주 한 시간씩 만날 때마다 진심으로 F의 이야기를 들어주고 필요한 도움을 주며 최선을 다해 도왔다. 진심이 통하였는지 F는 점점 나를 의지하고 마음속 깊은 얘기를 터놓으며 가까워졌다. 그러나 그동안 막 살아온 F의 간에 문제가 생기며 병원 입원을 반복하다가 결국은 이곳 요양원에까지 오게 된 것이다.

몇 주 전 F가 포테토칩이 먹고 싶다고 해서 커다란 포테토칩

두 봉지하고 오레오과자, 그리고 몇 가지 군것질거리를 사다 주었다. 이것을 받는 F의 눈가에 눈물이 어리는 것을 보았다. 포테토칩 두 봉지에 사랑을 느낀 것 같았다. 나도 진심으로 F가 이 세상에서 사랑받는 느낌을 받게 해주고 싶었다. 그냥 세상을 떠나기에는 인생이 너무나 불공평하다.

F는 무거운 배 때문에 숨쉬기가 불편하면서도 그동안 밀린 얘기를 쉴 새 없이 했다.

"레지나, 부탁이 있어."

"뭔데?"

"내가 죽으면 나를 알카이 비치에 뿌려 줘. 세상을 자유롭게 다녀보게. 산보다는 바다가 좋을 거야! 그렇지?"

이야기하는 F의 눈시울이 빨갛게 물든다. 내 가슴도 빨갛게 물이 든다.

F에게 이야기했다.

"내가 지금 뭘 도와주면 좋을까?"

그는 일주일에 한 번만이라도 자신을 생각해 달라고 했다. 나는 F의 말 때문에 가슴에 무엇인가 치밀어 오는 아픔을 느끼면서도 정신을 가다듬고 F에게 대답했다.

"내가 바빠서 일주일에 한 번은 아마 어려울 거야. 그래도 매달 첫날엔 너를 생각할게. 약속해. 매달 첫날엔 너를 생각할 거야!"

이곳을 떠나면서 입구에 있는 리셉셔니스트에게 그동안 F를 찾아온 사람들이 얼마나 있었는지 물어보았다. 리셉셔니스트는 방문자 서류를 뒤적거리더니 나에게 한마디한다.

"레지나, 그가 여기에 있는 8개월 동안 방문자는 너 한 사람뿐이야!"

그레이하운드 버스를 타고

태평양 바닷바람이 불어오는 시애틀 다운타운의 새벽은 한 여름에도 추워서 옷깃을 여며야 한다.

사무실이 3가에 있으니 집에서 이른 버스를 타고 웨스턴에서 내려 한 번 더 버스를 타야 한다. 버스를 갈아타지 않고 15분 정도 걸으면 사무실에 도착하는데, 한겨울 눈이 심하게 오거나 비가 억수같이 쏟아지는 날이 아니면 두 번째 버스 구간은 걸어서 사무실에 간다. 오늘도 걸어서 사무실에 도착했다.

G와의 약속시간 9시 15분이 넘어가니 조바심이 났다. G는 지금까지 한 달 동안 '약'을 하지 않았다. 정말 대단한 일이었다. 한 달간 약을 하지 않다니! G는 랜덤 소변검사 결과 이번 45일간 해독치료 프로그램에 갈 수 있게 되었고, 오늘 G를 배웅하기로 한 것이다. 시계는 9시 28분을 가리켰다. 은근히 걱정되어 이리저리 네거리를 둘러보는데, 3가 남쪽에서 끙끙거리며 가방을 들고 오는 G가 보였다.

웨스트레이크에서 라잇레일(Light Rail)을 타고 고속정거장에 가는 데는 10분도 안 걸렸다. 나는 내 가방에 있는 그레이하운드 버스티켓을 가지고 창구로 가서 물어보니, 그레이하운드 버스가 1시간 늦게 떠날 예정이란다. 9시 40분이 아니라 10시 40분에 떠난다니, 다음 스케줄 때문에 좀 신경이 쓰였지만 그래도 G를 혼자 두고 갈 수는 없었다(혹시라도 마음이 변해서 다른 곳으로 튀든가, 버스표를 미리 주면 누군가에게 표를 팔아먹을까 봐 걱정되었다). G 옆에 앉아 버스시간을 기다리는데 G가 나에게 자기 가방을 잠깐 맡아달란다.

"어디 가는데?"라고 물으니 담배를 피우러 간단다.

'그래! 약을 안 하려면 담배라도 피워야지!'

G의 가방을 지키고 앉아서 옆에 앉아있던 청년하고 이런저런 얘기를 하고 있는데 G가 담배 냄새를 폴폴 풍기며 내 옆에 앉는다. 버스시간이 가까이 오자 G는 메모지에 전화번호를 적어주며 부탁을 한다.

"레지나, 우리 엄마에게 전화 좀 해 줄래? 나 잘 갔다고."

G를 보내고 다시 사무실로 돌아오자마자 G의 엄마에게 전화했다. G 엄마가 아들이 이번에는 성공하게 도와달라고 했다. '내가 할 수 있는 일이 아닌데…. 본인이 최선을 다해야 할 텐데…'라고 생각하며 전화를 끊었다.

나는 G가 (그레이하운드) 버스를 타기 전에 무엇이 중독치료를 해야겠다는 동기가 되었냐고 물었다. G는 나를 쳐다보며 말했다.

"사실은 여자친구가 생겼는데 너무 좋은 여자라서 그 여자하고 좋은 가정을 꾸리고 싶어. 그 여자가 그동안 하던 약들을 끊으면 미래를 생각해 볼 수 있다고 해서….”

"그래? 그럼 만일 그 여자가 너하고 사귀지 않는다고 하면 다시 약물에 의존하겠네?"라는 내 질문에 G는 "아니, 그 여자가 있어서 좋지만, 여자가 있든 없든 앞으로는 나도 내 인생을 제대로 평범하게 살다 가야지!"라고 답했다.

G는 시애틀 갱단에서 영향력 있는 자리에 있는 아프리카계 미국인 마흔여섯 살 약물중독자였다. 열여덟 살 때부터 정신질환인 망상증이 나타났는데, 치료를 거부하고 집을 떠나 미국 전역을 헤매고 다녔다. 9년 전 다시 시애틀로 돌아와 폭력, 약물위반 등 여러 가지 이유로 수시로 감옥을 들락날락하던 시애틀의 골칫덩어리였다.

G는 같은 아프리카계 미국인으로, 성격이 좋은 베테랑 카운슬러 P의 도움으로 상담도 받고 약도 복용하며 정신질환인 망상증세를 치료 중이다. 그러다 P가 다른 주로 이사가면서, P와 오랫동안 일을 함께하던 내게로 온 케이스였다. G는 처음 만나자마자 나의 신상 조사를 했다. G의 말을 조용히 듣다가 단호하지만 부드럽게 말했다.

"나는 네게 내 개인적인 얘기는 하고 싶지 않고, 해야 할 필요도 없어. 나는 너를 맡은 담당자이니 앞으로 나를 만나려면 내가 하는 말을 믿고 따라야 해. 만일 네가 나에 대한 신뢰를 보이지 않거나 존중하지 않으면, 나는 너를 다른 곳으로 돌려보낼 거야."

첫날부터 이들에게 잡히면 이들하고 동행해야 하는 기간이 부담스럽고 어렵다. 그래서 이들을 대할 때는 최선을 다해 부드럽게 대하지만 이들이 쉽게 볼 수 없도록 단호한 자세로 대해야만 지속적으로 일을 할 수 있다.

나의 단호한 말과 분명한 모습에 G는 순응했고, 그 이후로 G는 나의 도움을 받아 시애틀 저소득층 아파트에 입주하게 되었다. 매달 한 번씩 우리 사무실로 찾아와 의사의 처방을 통해 정신질환인 망상증 치료 주사를 맞으며 치료의 혜택도 받았다. 매주 우리 사무실에서 운영하는 정신 재활 교육에도 빠짐없이 나오며 나하고는 매주 30분씩 만나 정신질환의 상태 그리고 중독치료 등에 대해 상담을 받는 중이었다.

G의 얘기를 들어보면 열여덟 살까지는 평범한 집에서 고등학교도 다니면서 살았단다. 그런데 열여덟 살이 되면서 정신질환이 나타나 집을 뛰쳐나와 홈리스가 되어 미국 전역을 돌아다니며 세상에서 온갖 못된 일은 다 해봤다고 한다. 이제는 보통 사람처럼 아침저녁을 맞이하고 가족들과 식사를 하는 평범한 생활이 그립단다. 잠깐 살아가는 인생길에서 그동안 살아왔던 삶들이 너무나 피곤하고 지쳐서 이제라도 좋은 여자 만나 가정

을 이뤄 매일 매일 사랑하는 사람들과 마음을 나누며 살고프
단다.

이번에 G가 가는 곳은 정부에서 지원하는 45일간의 해독 치
료기관이다. G가 저소득층이고 정신지체자인지라 무료로 치
료가 가능한 곳이다. 이곳을 찾아내고 킹 카운티 약물치료팀,
카운슬러팀 그리고 몇 군데 정부기관과 몇 달 동안 이메일이
오고갔다. G의 새로운 인생설계에 대한 추천서를 작성하고도
한참이 지나서야 G가 이곳에서 입원치료를 받을 수 있었다.

G는 45일간 야끼마에 있는 재활센터에서 거의 25년간 쌓인
약물 해독치료를 받는다. 25년 이상 습관과 생활이 되어온 약
물복용이 쉽게 물러가지는 않을 것이다. G는 그동안 몇 번의
단기 해독프로그램에서 치료교육을 받기도 했다. 그런데 매번
실패해서, 나도 G가 이번 장기 치료교육을 원할 때 반신반의했
다. 과연 해낼까? 그렇지만 이번에는 G의 눈에 의지가 보인다.
G! 이번에는 성공해보자!

To. 쌤

집안 정리가 끝났으니 이층으로 올라가야지 생각하고 있는데, 휴대폰 벨이 울렸다. 자기 전에는 전화를 받고 싶지 않아 무시하려고 했는데, 벨이 계속 울린다. 전화를 받아보니, 예전부터 잘 아는 어느 모텔의 매니저 H다.

"레지나, 지금 쌤이 여기에 와있단다."

그의 말로는 온 방을 체크하는 중인데, 그중 한 방에서 쌤이 술에 완전 떡이 되어 널브러져 자고 있더란다. 아무리 붙잡고 흔들어 깨워도 움직이지 않고 아예 눈조차 뜨지 못한단다.

수화기 너머로 웅얼거리는 쌤의 목소리가 들려온다. 정신을 바짝 차리고 쌤의 얘기를 들어보니 자기가 쉘터에서 자다가 시간을 보니 아침 7시라서 일에 늦을까 봐 옷도 제대로 챙겨 입지 못하고 버스를 타고 일하러 온 거란다. "쌤, 너 지금 밤인지, 낮인지도 모르는 거니?" 하고 물으니 지금 밤이 아니고 아침이란다. 쌤하고 얘기를 해봤자 소용이 없을 것 같아 매니저에게 쌤을 내보내라고 했다. 매니저는 지금 이 시각 이 애를 내보내면 어디로 가느냐고 걱정스레 물어온다. 내가 알아서 할 테니 쌤을 무조건 내보내라고 하니 수화기 너머로 쌤의 목소리가 또 들린다. 지금 쉘터로 돌아가도 시간이 늦어 받아주지 않으니 여기서 자고 간단다. 나는 다시 쌤을 바꾸어 달래서 "너 지금 당장 밖으로 안 나가면 그 매니저가 경찰을 부를 거야. 그러니 나가야 해!"라고 했다. 그러자 쌤이 그러면 자기는 어디서 잠을 자야 하냐고 묻는다.

"네가 묵고 있는 쉘터에 내가 전화해서 늦게라도 들어갈 수 있게 해놓을 테니 지금 당장 나가라구!"

쌤이 이제 마음을 잡고 정상적인 생활을 할 수 있으리라 믿었던 기대가 무너져 내리며, 이런저런 생각에 잠을 이룰 수 없었다.

'아이구 뭐, 내 자식도 아닌데 내가 어떻게 할 거야! 제 하기 나름인데 못 하면 할 수 없지!'

얼마 전 오랫동안 알고 지내던 H에게서 전화가 왔다. 자기가 지금 모텔에서 매니저로 일을 하는데, 모텔에 청소할 사람이 급히 필요하니 사람을 소개해줬으면 좋겠다는 이야기였다. 쌤이 할 수 있는 일자리를 찾는 중이었던 나는 H의 이야기가 너무나 반가워서 바로 쌤을 소개했다. 그런데 이 사단을 벌인 것이다.

나를 만나러 올 때마다 술 냄새가 나도 쌤이 아니라고 하면 그 얘기를 믿고 싶었다.

아침 일찍 사무실로 나가 일을 하고 있는데 아래층 로비에서 '레지나, 레지나' 소리가 울려 퍼진다. 쌤은 어디서 맞았는지 눈두덩이 밑에 시꺼멓게 멍이 든 얼굴로 나를 쳐다보며 입을 뗀다. 어제 쉘터에 4시에 들어가서 잠을 잤는데 깨보니 7시여서 늦을까 봐 버스를 타고 일하는 모텔로 갔는데, 그 사람들이 경찰을 부르네, 뭐네 해서 그냥 왔단다. 나는 쌤을 가만히 바라다보다가 "어제는 몇 시에 술을 먹은 거지?" 하고 물었다. 쌤은 내 질문에 대답이 없이 자기는 일을 하러 갔을 뿐인데 매니저가 다시는 오지 말라고 했단다. 너는 나를 도와주는 카운슬러이니 절대로 가만있어서는 안 된다며 법적 조치를 취해 달란다. 술을 마시지 않았다는 쌤과 실랑이를 하다가 소변검사를 해보자고 했다. 그러자 쌤은 준비가 안 되었다며 다음 주 월요일에 검사하겠단다. 강제로는 할 수 없는 일이었다. 그에게 질문을 던졌다.

"쌤, 너는 어떤 아빠가 되고 싶니?"

그는 아무 말이 없다. 나는 언젠가 읽은 '인생 이야기'라는 글을 읽어주기 시작했다. 글의 내용은 우리 모두 인생이라는 기차를 타고 여행을 한다는 것이다. 우리를 낳아준 부모님은 먼저 정거장에서 내리고 함께 가던 친구들 그리고 나의 가족이 각기 다른 정거장에 내리는데, 그 여행 중에는 슬픈 일, 기쁜

일, 재미있는 일 등 여러 가지 일들이 펼쳐진다. 이야기 도중 "쌤, 너는 어떤 인생의 길을 가다가 어느 정류장에서 내릴 거니?" 하고 물었다. 내 얘기를 숨죽이며 듣고 있던 쌤이 별안간 울기 시작한다. 소리 없는 눈물을 흘리더니 급기야는 흐느끼기 시작하는데, 나는 쌤이 실컷 울게 내버려 둔 채 휴지 한 통을 건넨다.

쌤은 열한 살 때 아프리카 수단에 내란이 나면서 전쟁고아가 됐다. 부모님과 형들은 전쟁통에 다 죽고(쌤은 가족들이 죽는 모습을 목격했다), 혼자 남은 쌤은 수단정부군에 대항하는 편에 끌려가 어린 나이에 총을 잡고 이들이 내몰아치는 대로 전쟁터로 나가 이유도 없이 사람들을 죽여야 했다. 열여섯 살 조금 넘어 유엔군 포로가 되어 몇 나라를 거쳐 미국으로 건너오게 되었는데, 당시 쌤은 스물한 살이었다. 자기 민족들이 많이 모여 산다는 보스턴에서 자리를 잡고 살다가 콩고 출신 여자를 만나 결혼하고 두 아들을 낳고 살았다. 그러다 그동안 살아온 삶에 대해 회의가 들며 우울증이 심해지자, 아내와 자식들이 떠났다. 그 후 친구가 있는 시애틀에 온 지는 19개월이 되었다.

쌤의 이야기를 듣다 보면 어떻게 이 사람이 살아있을 수 있을까 싶을 정도로 거칠고, 아프고, 힘들고, 괴로운 인생길이었다. 쌤은 어떻게 길을 걸어가야 하는지 스스로 잘 알지만, 자신의 지나간 아픔이 머릿속을 괴롭힐 때마다 어쩔 줄을 모르고 술을 마셔댄 거다. 어린 시절 전쟁터를 쫓아다니며 얼마나 많은 사람을 죽였는지 셀 수 없단다. 자고 싶어 눈을 감으면 그 모습들이 더 선명하게 보여 잠을 잘 수 없어 술을 마신다고 했다. 술에 취하면 아무것도 안 보이고 기분이 좋아지니 마시고, 새벽 5시면 자기들이 머무는 쉘터에서 밖으로 내보내는데 밖이 너무 추우니 추위를 잊기 위해 값싼 보드카를 한 병 사서 서너 명이 돌아가면서 마신다고 했다.

나는 쌤에게 말했다. 나의 일은 네가 이 세상에서 인생을 보람 있게 살아갈 수 있게끔 도와주는 일인데, 너의 협조가 없으면 절대로 이 일을 할 수 없다고. 눈물이 가득 찬 눈으로 나를 쳐다보더니 쌤이 말한다.

"레지나, 나 좀 더 도와줘. 한 번 해볼게."

저장강박증(Hoardin)

이 아파트는 다운타운에서도 비싸기로 이름난 웨스턴 지역 스칼프처 공원 앞쪽으로, 시원한 태평양 바다를 내려다볼 수 있는 곳에 자리를 잡고 있었다. 가끔 이곳을 방문할 때면 나는 혼자 중얼거린다. "참! 세상 공평하다." 아무것도 가지지 못한 I가 이렇게 전망 좋은 아파트 6층에 자리를 잡을 수 있으니 말이다. I의 아파트 거실 창문을 열면 시원하게 펼쳐진 태평양 바다가 눈도 마음도 시원하게 해준다. 그야말로 꿈의 아파트라고나 할까! SPC그룹이 자신들의 아파트 중 몇 개를 저소득층에게 기부하는 프로그램인데, 이곳은 보통 원룸 아파트가 한 달에 2500~3000달러 정도이다.

오늘 I가 사는 아파트 앞에서 12시 30분에 만나기로 했는데, I는 역시 지난번처럼 또 문을 열어주지 않는다. '아니, 또 어디 나간 거야? 아니면 잊어버린 거야?' 중얼거리며 아파트 정문 인터폰으로 I의 방 벨을 계속 눌러보아도 아무 소리가 없다.

'어떡하지? 그냥 사무실로 돌아갈까?'라고 망설이는데 아파트 정문을 열고 멋진 금발의 백인 아저씨가 나와 나를 몇 번 아래위로 살펴보더니 아파트에 들어오려고 하느냐고 묻는다. '그렇다'며 허리춤에 달려있는 우리 사무실 직원증을 보이고 오늘 이곳에 사는 고객을 만나러 왔는데 약속시간이 되어도 나타나지 않는다고 했다. 아저씨는 걱정말라며 자기가 매니저에게 안내해줄 테니 따라 들어오라고 한다.

아저씨를 따라 들어가 매니저 사무실 문을 여니 그동안 자주 보아서 안면이 있던 이탈리아계 매니저 안토니오가 반갑다며 악수를 청한다. 잠깐만 기다려 보라며 I의 방으로 전화를 걸어준다. 2분쯤 있으려니 I가 외출 준비 중이었는지 장화까지 신고서 아래층으로 내려와서는 나를 보고는 그 커다란 눈을 더 크게 뜨고 "What's Up(무슨 일이지)?"이라고 묻는다.

나는 I를 살펴보며 아무래도 치매 증상이 시작된 것은 아닌가 생각해본다. 오늘 아침 사무실에 도착해서 전화 메시지를 다 듣고 난 뒤, 아침 9시쯤 I에게 전화했다. "하이, 오늘 낮 12시 30분에 내가 너희 집을 방문할 계획인 것, 잊어버리지 마." 이렇게 부탁하고 약속시간에 아파트 입구에 나와있으라고 했다. 그런데 무슨 일이냐니….

I와 함께 I의 방으로 향했다. 문을 잠그지 않고 내려왔는지, 6층으로 올라와 I의 집 문을 밀자 문이 그냥 열린다. I가 먼저 들어가고 내가 따라 들어가는데 벌써 실망스럽다. 내색을 말아야지, 하면서 작은 부엌을 지나 거실 안을 둘러본다. 그래도 지

난번 방문 때보다 물건이 좀 없어진 것 같아 다행이다 싶다. 침실 문을 열어보니 방문이 잘 열리지 않는다. 뒤에 있던 I가 따라오더니 몇 번 방문을 밀어 겨우 몸만 들어갈 만큼 방문이 열렸다. 나는 I를 불러서 "저기 창문은 왜 저렇게 막아놓은 거지?"라고 물었다. 그는 밤에 자는데 누군가가 창문을 통해 들어올까 봐 그렇게 했단다.

"아니, 네 아파트가 6층인데 누가 들어온다구?" 영화에서 스파이더맨들이 담벽을 따라 방안에 침투하는 것을 보았다나 뭐라나. '아이참! 이 친구가 망상이 아직도 있구나!' 매달 주사를 맞아서 많이 좋아진 줄 알았는데, 새로운 주사약이 맞지 않는지, 정신과 의사하고 상의해서 조치를 취해야겠다고 생각했다.

나는 가지고 간 대형 쓰레기봉투를 주며 버릴 옷과 버리지 않을 옷을 골라 보라고 했다. I의 옷장 안에 수백 벌(아마 수천 벌 될 듯싶다)의 옷이 걸려 있었는데, 거의 브랜드 중고 옷이다. 아직 가격표도 떼지 않는 옷들도 엄청나다.

I는 요즘 부쩍 몸이 불기 시작했다. 본인 말로는 아무래도 우울증약 부작용인 것 같다고 하나 내 생각엔 I의 먹는 습관 때문인 것 같다. 두 달에 한 번씩 우리 사무실 카운슬러 30여 명이 우리를 방문하는 고객들을 위해 브런치 파티를 한다. 이날이 되면 나의 고객 I도 우아하게 옷을 차려입고 우리 사무실 로비에 와서 파티에 참여하는데, I의 먹는 모습을 보면 걱정되기도 한다.

차 한 잔을 두고 마주앉아 I에게 다시 이야기를 시작한다.

"2016년도에 우리 집에 불이 났거든. 불이 나서 중요하게 생각한 그 많은 것들이 다 없어지니까 처음에는 속상해서 마음이 아팠는데, 점점 없는 게 행복해지는 거야! 물건이 없으니 공간이 넓어져 좋았고 물건이 많지 않으니 갖고 있는 물건 하나하나가 소중해지는 거야! 너도 한번 정리를 해봐! 그리고 나면 마음이 후련할 거야!"

한참 I를 설득하고는 다시 I의 방으로 올라가 옷장을 정리하는데, 그 많은 옷 중에서 티셔츠 세 개, 치마 한 개, 바지 하나만 내놓고는 오늘은 그만이란다. 그러면서 "레지나, 이 모든 물건들이 내게는 소중한 거야!"라고 말한다. 나는 이런 물건을 기증받는 곳이 많지 않으니 갖다 버리자고 I를 설득한 후 3층에 있는 쓰레기장으로 함께 가 물건을 버리고 스위치를 눌러버렸다.

I는 디오게네스 증후군이다. 사회적 고립이나 우울·불안과 관련이 깊은 저장강박증인 것이다. 이렇게 물건을 쌓아두는 데 집착하는 사람들은 대인관계를 통한 애착욕구가 충족되지 않아 불필요한 물건들에 집착하면서 정리하고 계획하는 능력을 잃어간다. 보통 어릴 때 부모나 주변의 사랑과 관심을 받아보지 못한 사람들에게 이런 증상들이 나타나기 쉽다. 이런 증상의 사람들 집안에 들어가 보면 거의 쓸모없는 물건들, 페트병이나 빈병, 깡통 등 잡동사니들로 온 집안이 가득 차 있다. 물

건을 치워주면 그 이상으로 물건들을 다시 들여온다. 이런 강박증 사람들에게 네가 얼마나 귀한 존재인지를 알려주고 서로 신뢰하는 관계를 만들어가는 것이 중요하다. 끊임없는 칭찬과 사랑의 말들로 이 사람들의 애착 욕구를 채워준다면 서서히 조금씩 변화할 것이다. 물론 I는 지금 예순 살이 넘었다. I에게 얼마만큼의 시간이 필요한지 모르지만, 나는 내가 할 수 있는 한 I에게 관심을 가지고 도움을 줄 것이다.

I는 매주 우리 사무실을 방문하여 나와 마주 앉아 한주의 계획을 세우고 삶을 얘기한다. 나는 I에게 "너는 참 괜찮은 사람이야"라고 이야기해준다. 나보다 덩치가 두 배나 더 큰 I는 나의 칭찬에 활짝 미소를 띠며 웃는다. "땡큐"라고 말하며 부끄러워한다.

I의 집을 나서기 전 나는 I를 불러 세웠다. "I야! 너, 참 대단하다! 그리고 조금씩 치우기 시작해서 정말 고마워!"라고 얘기해주니 그의 얼굴에 자신감이 활짝 피어난다. '나도 사랑해주는 사람이 있다구!'라는 자신감이….

아프면 쉬어야지!

　며칠 전부터 머리가 조금씩 지끈거리며 통증이 온다. 엎친 데 덮친 격인가. 며칠 전 출근하려고 운전해서 가고 있었다. 이 날 따라 조금 서둘러 아침 6시 50분 정도에 집을 나왔더니 거리가 한산했다. 차 안에서 예전에 좋아하던 노래까지 부르며 운전을 하고 가는데, 어라! 백미러로 보니 뒤의 차가 엄청 빠르게 다가오고 있었다. 이러다 내 차를 들이받을 것 같은 느낌이 드는 찰나에 그 차가 정말 '꽝' 하고 내 차에 부딪쳤다.

　난 잠깐 정신을 못 차리고 패닉 상태에 빠졌다. 잠시 후 일어나 창문을 열려고 하니 왼쪽 어깨와 팔이 떨어져 나갈 듯이 아프고 속이 울렁거리며 토할 것만 같았다. '아휴, 또 당했네!' 2년 전 차 사고로 심하게 다쳐 무척 고생하고 그 후유증으로 아직도 허리와 목이 아파서 고생 중인데, 이번 차 사고까지 겹쳤다.

　우리 사무실에서 일하다보면 번아웃에 빠지기 쉽다. 어렵고 힘든 사람들(홈리스, 중독자들)을 상대하는 일이니 젊은 소셜워커들이 의욕을 가지고 일하러 왔다가 6개월쯤 지나면 지쳐서 다른 직장으로 옮겨버린다. 일손이 모자라니 우리처럼 오래된 소셜워커들은 일이 몇 배로 많아져 바쁘고 힘에 부친다. 고객들이 가져다주는 감기 등으로 아프기도 한다. 이달에는 내가 맡은 케이스 이외에도 더 많은 케이스를 맡았고, 감옥 방문 상담과 어디론가 사라져버린 고객들 찾아다니는 일도 함께하려니 몸이 열 개라도 모자랄 판이었다.

요즈음은 집에 와서까지 컴퓨터 앞에 앉아서 일한다. 잠깐씩 기침하는 것을 무시하고, 머리가 아프면 두 손으로 머리를 지그시 눌러 마사지하면서 두통을 없애고, 목이 아프면 소금물을 타서 목을 행구면서 버텼는데, 어젯밤부터는 온몸에 열이 나고 몸살을 앓게 되었다. 결국 밤새워 기침하는데, 가래에 피가 섞여 나와 병원으로 실려 왔다. 오늘은 직장에 갈 수 없겠다.

보통 사무실은 서류하고 일하니 하루쯤 안 가도 사람들에게 미안한 마음이 덜할텐데, 우리 사무실의 경우 당장 우리가 없으면 노숙자 고객들에게 필요한 것들이 지급되지 않기 때문에 마음이 편치 않다. 그래도 너무 아프니까 어쩔 수 없다.

난 어릴 때부터 잔병을 달고 살았다. 자라면서 겨울이면 폐렴을 달고 살고 여름이면 알레르기로 온몸에 두드러기가 나서 고생하고, 다치면 피가 잘 멈추지 않는다. 조금만 과식해도 체해서 며칠씩 힘들다. 그래도 성격만은 엄마의 성격을 그대로 이어받아 어떤 상황에서도 긍정적인 마인드를 가질 수 있었다. 나는 아직도 겨울이면 폐렴을 달고 살고 여름이면 알레르기로 고생한다. 그동안 살아오면서 세 번의 커다란 수술을 하고도 언제나 힘차게 살아왔다. 어떤 상황에도 절대로 주저앉지 않는 것은 우리 어머니가 우리 형제들에게 남겨주신 선물이다.

노숙자들과 일을 한다는 것은 항상 건강치 못한 상황에 노출되어 있다는 얘기이다. 살아가는 상황이 길거리 아니면 그룹홈이다 보니, 이들은 감기 등 질병을 달고 산다. 그렇게 병에 걸린 채로 우리 사무실에 오고, 아무리 조심해도 전염되기 일쑤여서, 감기는 아예 단골손님이 되었다.

오늘의 고객은 마흔여섯 살 캘리포니아 출신 한국계 2세였다. 내 케이스 중에 두 명이 한국 사람이다. 1952년생 망상증 환자와 1956년생 조울증 환자 여자. 마흔여섯 살의 멋진 청년 역시 망상증 환자인데, 제대로 약을 복용하고 자립하고자 하는 청년이다. 내가 한국말을 한다는 이유로 내 고객이 되었다. 고객들을 똑같이 대하려고 하여도 같은 한국인들에게 마음이 더 간다. 하나라도 더 챙겨주고 싶고, 더 돌봐주고 싶은 마음인데, 내가 며칠 쉬어야 할 판이다.

몸은 무조건 쉬어야 한다고 얘기하고, 머릿속은 잠깐이라도 사무실에 나갔다 와야겠다고 하고…. 그런데 아픈 상황에 직장에 나간다면 그것도 사람들에게 폐가 되는 일이니 그냥 자자, 생각했다. 직장에 연락하고 잠을 청했다. 잠을 자고 또 자도 다시 잠이 왔다. 이번엔 몸이 아주 많이 아프다고 신호를 보낸다.

그래, 쉬자!

겐마누아누 오아후

"겐마누아누 오아후."

수지가 노래를 부르면 눈물이 난다. 수지는 컵케이크를 손에
들고 이 노래를 부르면서 눈물을 흘리고 있다. 이 노래는 영어
로 "happy birthday to you"라는 축복송인데, 수지는 17년 동안
만나지 못한 막내아이의 생일을 축하하면서 눈물을 흘린다.

수지는 피지(Fiji) 사람이다. 피지에서 아이 넷을 낳고 어부인
남편과 살았다. 어느 날 바다로 고기잡이하러 간 남편이 탄 배
가 폭풍에 침몰되어 배에 있던 모든 사람이 물속으로 사라졌
다. 수지는 아이들과 함께 살아갈 길이 막막하던 중 미국에 가
면 돈을 벌 수 있다는 이야기를 듣고 여행비자로 미국에 왔다
가 그냥 주저앉게 되었다. 불법체류자인 셈이다.

미국으로 와서 할 수 있는 일이란 일은 다 하면서 모은 돈으
로 피지에 있는 다섯 자녀를 공부시키고 두 자녀를 결혼까지
시켰다. 수지는 미국에 와서 안 해본 일이 없이 고생해도 피지

에 있는 다섯 아이가 배부를 생각을 하면 하나도 힘들지 않았다고 했다. 비가 주룩주룩 내리는 공사판에서 신호기수(flag man, 깃발을 들고 하루 종일 서 있던 일)를 할 때 너무 춥고 떨렸지만, 아이들이 배부르고 따뜻하게 지낼 생각에 추워도 행복할 수 있었다고 한다.

그러나 본인은 아직도 불법체류자인 상태라 자식이 너무나 보고 싶어 가슴이 터질 것 같아도 고향으로 돌아갈 수 없었다. 특히 막내는 남편이 사고로 죽을 때 뱃속에 있던 아이인데, 생후 9개월 되던 때 떼어놓고 17년째 보지 못하였다.

수지와 나의 만남은 내가 만나고 있던 어떤 노인분의 간병인을 구하면서 시작되었다. 몇 번의 만남을 통해 수지가 17년째 영주권이 없는 상태인 것을 알게 되었다. 마침 이때 정부에서 불법체류자 구제방침을 시행 중이어서 수지의 영주권을 위하여 수지와 나는 발이 부르트도록 많은 변호사를 만났다. 마침내 이제 두 달 후면 수지에게 영주권이 나온다.

수지는 두 달 후면 선물을 잔뜩 실은 여행가방을 가지고 비행기를 타고 자기의 고향인 피지로 갈 수 있다. 수지는 피지에 대해 신나게 얘기하기 시작한다. 피지에는 하마가 많은데, 하마고기는 피지 사람들이 잘 먹는 고기란다. 하마고기를 얌(yam, 참마, 열대 뿌리채소의 하나)과 함께 구덩이를 파서 돌을 넣은 후 구우면 그 맛이 최고란다. 나에게 꼭 맛보이고 싶다고 했다. 어부였던 남편은 아무리 아이들이 예뻐도 항상 아내인 수지를 먼저 찾았다고 한다. 남편이 수지를 얼마나 사랑했는지 수지가 살던 동네 모든 여자가 부러워했단다.

영주권이 나와 고향에 다녀올 수 있다는 것이 기쁘기도 하지만 수지는 한편으론 걱정스럽다고 했다. 생후 9개월에 떼어 놓고 온 막내를 만나면 뭐라고 말하지? 그 아이는 나를 기억도 못할 텐데…. 그 아이가 나를 좋아할까? 17년 동안 꽁꽁 묶어 놓았던 그리움 때문에 수지는 잠을 못 이룬다. 두 달 후면 갈 수 있는 고향의 산과 들의 냄새가 그리워서 잠을 못 이룬다.

수지가 영주권을 받을 수 있다고 통보받던 날, 나와 수지는 눈물샘이 터진 것처럼 눈물을 흘렸다. 6피트(약 180cm)의 키에 몸무게 235파운드(약 106kg)인 수지가 자기보다 머리 하나는 작은 나의 가슴에 얼굴을 파묻고 울고 또 울었다. 우린 아무 말 없이 그저 울었다.

비비안나

눈이 많이 와서 차들도 다니기 힘든 날 비비안나는 내 사무실로 들어섰다. 비비안나의 온몸은 눈에 젖었고 얼굴은 차가운 바람에 노출되어서인지 빨갛다 못해 터질 것 같은 모습이었다. 신고 온 털부츠는 눈에 젖어서 물이 뚝뚝 떨어진다.

비비안나는 우직할 정도로 성실한 사람이다. 나하고의 만남이 거의 2년이 다 되어간다. 많은 가정폭력 노숙자를 만나고 상담해보지만 비비안나처럼 자기의 계획을 잘 실천하며 꿋꿋이 나아가는 사람은 그리 많지 않다.

내가 비비안나의 카운슬러로 만난 지 두 달 정도 된 때였다. 마침 우리 프로그램에서 뜻하지 않게 영구임대 타운하우스 투룸이 나왔다. 그곳에 살던 사람이 마약을 상습복용하는 바람에 강제 퇴거를 당한 것이다. 비비안나는 시애틀 다운타운에 있는 여성보호소에 있었고, 비비안나의 아이, 열세 살 소년 리키는 청소년보호소에 있으면서 모자가 함께 살 집을 기다리고 있었다. 드디어 비비안나 모자가 함께 살 수 있는 새집으로 이사하게 된 것이다.

며칠 후 나는 가까운 지인의 트럭을 빌려 몇 명의 남자 노숙자들에게 부탁하여 굿윌(Good will)에 갔다. 그곳에서 가구들과 집기들을 가지고 와서 비비안나가 새로 입주한 방을 꾸몄다. 물론 헌 가구지만 그래도 쓸만한 것들을 모아 가지고 온 터라 가구가 채워진 방은 꽉 찬 느낌이었다.

"비비안나, 원하는 게 더 있을까?" 묻는 말에 비비안나는 입을 꾹 다문 채 아예 말을 않겠다고 작정한 사람처럼 꿈쩍도 하지 않는다. 나도 더 이상 물어볼 수 없어서 이날은 그냥 가야겠구나 하고 집을 나서는데, 리키가 내 뒤를 따라 나왔다. 그리고 수줍은 얼굴로 얘기를 한다.

"My mom love to have water color because she likes painting(우리 엄마는 그림 그리기를 좋아해서 수채물감을 갖고 싶어해요)."

다음 주에 나는 비비안나더러 사무실로 오라고 했다. 지난번 아는 분이 한국에 갔다 오면서 나에게 선물해준 수채화 물감 한 통과 커다란 도화지 세트를 비비안나에게 주었다. 전혀 예상하지 못한 선물이어서인지 비비안나의 눈에서 눈물이 뚝뚝 떨어졌다.

비비안나는 슬픈 과거를 가지고 있다. 어릴 때 엄마의 등에 업혀 미국으로 밀입국해온 비비안나는 네바다에서 초등학교와

중학교를 다녔다. 비비안나의 엄마는 미국 사람 집에서 파출부로 일하며 열심히 살았지만, 엄마가 혼자 버는 돈으로 생활은 늘 빠듯하고 어려웠다. 그래도 비비안나는 공부를 잘하고 또 특별히 미술에 소질이 많아서 각종 상을 타고는 했단다. 엄마는 비비안나에게 희망을 갖고 정말로 열심히 일했고, 비비안나가 열한 살 되던 해 엄마는 트럭을 운전하는 스페니쉬 과테말라 출신의 프레드를 만나서 결혼했다. 좀 더 넓은 집으로 이사 갔지만, 새아빠는 비비안나를 그냥 놔두지 않았고, 열네 살의 비비안나는 임신을 했다. 그 아이가 바로 리키이다. 지금 비비안나는 A상점 베이커리 매장에서 케익 디자인을 하며 열심히 살고 있다. 이제 비비안나는 웃기도 하고 눈물도 흘린다.

우리는 매주 만나면서 비비안나의 앞길에 대해 계획을 세웠다. 리키는 집에서 가까운 중학교에 입학했다. 어느 날 비비안나의 집을 방문한 나는 벽에 걸려 있는 그림에 눈이 갔다. 밝은 색조의 너무나 멋진 풍경화였다. 마치 희망을 말하는 것처럼! 비비안나의 그림을 보면서 가슴에 통증이 온다. 그렇게 힘든 생활을 했으면서도 이렇게 밝은 그림이 나오다니! 나는 비비안나를 가만히 안아주었다. 그리고 이렇게 얘기를 했다.

"Vivian, you are the greatest person(비비안, 당신은 훌륭한 사람이에요)!"

Do you likes 신라면?

직원들 사무실은 일층에 다 있고 아래 지하 층에는 168명을 수용할 수 있는 식당, 도서관, 컴퓨터룸 그리고 강의실이 있다. 이러한 공간에 우리 고객(홈리스)들이 있을 경우 직원 두 명이 두 시간씩 교대로 이 사람들과 함께 있어야 한다. 식당 옆 코너에 우리가 앉아서 사무를 볼 수 있도록 컴퓨터가 준비되어있고 비상시 누를 수 있는 벨이 사무실 책상에 붙어있다. 보통 100명이 넘는 노숙자들이 있는데, 여기에 오기 전에는 코카인, 헤로인, 알코올, 대마초 등에 중독되었던 사람들이다(현재는 안 하는 상태지만). 이들이 함께 있는 이곳에서 무슨 일이 생길지 아무도 모른다.

우리 사무실에 오면 카운슬러들에게 상담을 받을 수 있고 겨울이면 하루종일 따뜻한 곳에서 컴퓨터도 배우고 직업훈련도 받을 수 있으며 머리도 무료로 깎아준다. 처음 봉사 오는 이들은 무섭고 떨려서 가슴이 방망이질쳤다며, "레지나 씨, 어떻게 이 사람들하고 일을 하느냐"고 걱정 반 염려 반으로 묻는다.

이곳은 노숙자들이 들어오고 싶어 하는 선망의 장소이다. 여름이면 에어컨이 있어서 시원하고 겨울이면 따뜻해서 서로 들어오려고 하지만, 약물중독에서 벗어나고자 하는 사람, 새로운 인생으로 거듭나고 싶은 사람들을 추천받아 선정된 사람들만 들어올 수 있다. 우리 카운슬러 한 명이 26명 정도(지금은 경기가 좋지 않아 한 명이 42명 정도 담당한다)를 일주일에 한번 내지 때로는 필요에 따라 서너 번씩 만나며 이들의 아픔을 들어주고 힘들었던 과거 생활에서 배울 수 없었던 생활기술(life skill)을 가르쳐 준다.

이 사람들하고 함께 지내는 것을 좋아하지 않으면 오래 일할 수 없다. 사람들은 어떻게 이 사람들하고 일하는 것이 행복한지 묻는다. 글쎄, 어떻게 대답해야 할까? 잠시 살아가는 인생이라는 길에서 이 일이 내가 할 수 있는 일이고, 내가 누리는 삶을 조금이라도 함께 누리고 싶어서가 아닌가 생각해본다. "나눔이란 남의 삶을 어루만져주는 것"이라는 생각이 든다. 그리고 이 사람들은 세상이 생각하는 것과 달리 정에 약하고 마음이 그렇게 독하지 않다. 중독 상태일 때는 위험하지만 말이다.

어느 날 나는 아래층 당번이어서 아래층 책상에서 사무를 보면서 사람들을 살펴보고 있었다. 피부가 까만 아프리카계 미국인 한 사람이 자꾸 나를 쳐다보며 무엇인가 말을 하려고 하는 것 같았다. 그래서 내가 다가가 "Do you want to talk to me(할 말 있어요)?" 하고 물으니 고개를 숙이며 주저하면서 "Do you like 신라면(신라면 좋아해요)?"이라고 묻는다.

"Of course! I love 신라면(물론이죠. 신라면 좋아해요)!"

나의 대답에 자신을 얻은 맥스는 활짝 웃는 얼굴로 자기가
얼마나 신라면을 좋아하는지 침을 튀기며 열심히 설명한다. 맥
스는 컵신라면에 뜨거운 물을 넣고 일회용 버터를 넣은 후 먹
는단다. 우리 사무실 옆에 한국분이 하는 조그마한 슈퍼마켓
에서 파는데, 한 개에 99센트이며, 다 먹고 난 후 국물에다가
빵을 찍어 먹으면 그 맛이야말로, 맥스의 표현을 빌리자면, 죽
여준단다.

맥스의 신라면 칭찬은 한참을 이어갔다. 얼마 후 옆에서 듣
고 있던 노숙자 몇 명이 슬그머니 나가더니 컵신라면을 사 가
지고 왔다. 나는 맥스의 카운슬러는 아니지만 이 일로 맥스와
친하게 지낼 수 있었다.

맥스의 아버지는 자메이카 출신 미국인이고 엄마는 한국 사
람인데, 엄마와 아버지는 맥스가 아홉 살 때 헤어져 지금은 엄
마가 어디에 사는지 연락도 없고, 찾을 수도 없단다. 엄마가 타
코마에 산다는 소문을 듣고 이곳까지 왔는데 엄마를 찾을 수
없다며 한숨을 쉰다. 맥스는 눈을 지그시 감으며 엄마가 해준
하얀 쌀밥과 간장국물에 말은 소고기(장조림인 듯하다), 그리고 오
이김치, 콩나물무침들이 얼마나 맛있었는 줄 아느냐면서 그리
워한다. 코카인 중독자였던 맥스는 지금 8개월째 약물중독 프
리(sober), 즉 약물을 하지 않고 있다.

나는 이후로 나의 일을 돕고 싶어하는 분들에게 신라면을 사달라고 해서 이들에게 몇 번씩 먹이기도 했다. 부한마켓 젊은 사장님이 유통기한이 얼마 남지 않은 라면을 우리 프로그램에 기증해줘 이들과 함께 라면 파티도 자주 하였다. 라면을 함께 먹으면서 새로운 공동체 관계가 시작되었고 맥스에게는 새롭게 시작하는 삶에 대한 동기부여가 되었다.

　엄마의 냄새로 기억되는 매운 신라면의 기억은 한국 사람인 나와의 연결고리가 되었고, 맥스는 새로운 사람으로 바르게 살고자 하는 마음이 생긴 것이다. 물론 약물중독에서 헤어나는 것은 쉬운 일이 아니다. 오랜 시간이 걸리겠지만, 그래도 또 한 번의 시작을 해볼 수 있다.

　맥스는 2년의 프로그램을 잘 마치고 일에 필요한 자격증을 딴 후에 약물중독자나 범죄자였던 사람들을 고용하는 회사에 취직해서 열심히 살고 있다. 나에게 가끔 전화를 주면서 어떻게 살아가고 있는지 이야기를 해준다.

　"Hey Regina, what's up doing(레지나, 어떻게 지내)?"

아이씨데마스(愛しています)

사토 씨를 만난 것은 내가 시티오브시애틀(City of Seattle) 프로그램에서 장기요양 상담사로 일할 때이다. 사토 씨는 저소득층 노인들을 위한 아파트에 살고 있었다. 이 아파트는 정신과 신체가 불편한 사람들이 살면서 따뜻한 음식과 레크리에이션, 그리고 건강검진 그 외의 필요한 것들을 제공하는 곳이다.

카운슬러가 일주일에 한 번씩 사토 씨를 찾아와 살고 있는 환경, 건강상태를 체크하고 도와준다. 그런데 왠지 사토 씨는 카운슬러들을 힘들게 해서 담당 카운슬러가 계속 바뀌었다.

시티오브시애틀에 입사한 지 얼마 되지 않아, 선택의 여지 없이 이분을 맡게 되었다. 내가 사토 씨의 케이스를 맡게 되자 함께 일하는 동료들이 나에게 "Hey, Regina good luck(레지나, 행운을 빌어)!"이라며 웃음을 띄운다.

별다른 생각없이 나는 내게 맡겨진 케이스들을 점검하며 고객들에게 전화를 걸어 만날 약속을 정했다. 사토 씨의 차례가 되어 전화를 걸었는데, 전화를 받은 사토 씨가 퉁명한 목소리로 "what's up(무슨 일이야)?"이라고 묻는다. 나는 내 이름을 알려주며 새로운 카운슬러로서 당신을 만나고 싶다고 하니, 무조건 "I don't care(상관하지 마)!" 하면서 전화를 끊어버린다.

말이 끝나기도 전에 전화를 끊어버리는 사토 씨가 당황스러웠지만, 미리 다른 카운슬러들에게 들은 이야기가 있어, 나름대로 날짜를 잡고 사토 씨가 사는 아파트로 갔다. 아파트 입구에서 안내하는 분의 도움으로 사토 씨를 찾으니 마침 그가 아래층 레크리에이션 방 안에서 춤을 추는 분들을 바라보면서 문 입구에 서 있었다. 다른 할머니, 할아버지는 모두 강사의 동작에 맞추어서 춤을 추고 있었지만, 사토 씨는 심통스런 얼굴로 춤추는 사람들을 바라만 보고 있었다. 안내하는 분에게 물어보니 사토 씨는 아무 프로그램도 참여하지 않는다고 한다. 재미있는 것은, 참여는 하지 않지만, 프로그램이 진행되는 내내 문 앞에서 구경한다는 것이다. 사토 씨는 나를 마치 벌레 보듯 바라보면서 "I don't need case manager or counselor at all(나는 케이스 매니저나 카운슬러가 전혀 필요하지 않아)" 하면서 씽하니 찬바람 소리를 내며 자기 방으로 올라간다.

안내하는 쉐리(Sherrie)의 말이 말은 저렇게 해도 직접 찾아가 보면 아마도 좋아할 것이란다. 사토 씨의 방문을 노크하며 들어가도 좋으냐고 물으니, 또 "I don't care!"란다. 본인이 허락하지 않으면 들어갈 수 없으니, 만나 뵙기를 바란다고 재차 설명하자 잠시 후 문을 열어주었다. 앞으로 사토 씨를 돕고자 일주일에 한 번씩 오게 되었으니, 만나는 시간이 좋은 시간이 되길 바란다고 말하며 혹시 내가 잘못하는 것들이 있으면 이야기해달라고 덧붙였다. 그리고 나는 사토 씨에게 가장 필요한 사람이 되고 싶다고 정중히 이야기했다. 사토 씨는 여전히 못마땅한 얼굴이었지만, 그래도 내 얘기를 듣고 있었다.

매주 사토 씨를 방문하여 그간의 생활과 건강상태에 대해 이야기를 나누었다. 그러던 어느 날 사토 씨가 처음으로 나에게 질문을 하였다.

"Do you like tantanmyun(탄탄면 좋아해)?" 나는 탄탄면이 무엇인지 잘 몰랐으나 사토 씨의 기분을 맞추어 주려고 "Of course. I love tantanmyun"이라고 대답했다. 사토 씨는 신이 나서 자기는 일본인 3세라고 말하며 어릴 적 자기 엄마가 만들어준 탄탄면에 대해 설명했다. 그리고는 언제 일본 레스토랑에 함께 가서 탄탄면을 먹자고 한다. 사무실에 가서 이런 이야기를 했더니 함께 레스토랑에 갈 수는 있지만, 손님의 돈으로 식사를 해서는 안 되고 물론 운전도 해주어서는 안 된다고 했다.

몇 달이 지나도 사토 씨는 여전히 껄끄러운 자세로 나를 대했고, 프로그램에도 참여하지 않고 계속 구경만 했다. 어느 목요일 할아버지, 할머니들이 호키포키 노래에 맞추어 율동을 하는데, 구경하는 사토 씨 입가에 슬그머니 미소가 번지는 것을 발견했다. 나는 얼른 사토 씨의 손을 잡아끌고 춤추는 무리로 들어가 함께 춤을 추기 시작하였다. 서류가방은 저만치 내팽개

치고, 땀까지 흘려가며 춤을 추었다. 그날 이후 사토 씨의 말문이 터지기 시작했다.

　일본인 이민 3세인 사토 씨는 스물아홉 살에 결혼하여 두 딸을 두었다. 결혼 12년 되던 해 아내가 교통사고로 죽은 후 혼자서 두 딸을 키웠는데, 한 딸이 자기의 말을 듣지 않고 아프리카계 미국인과 결혼하여 집을 떠나서 지금까지 연락이 없다는 것이다. 그리고 울면서 말하기를 또 다른 딸은 실연의 아픔에 자살했다고 했다.

　이야기를 듣는 나는 상처에 짠 소금이 뿌려지는 것 같은 아픔을 느꼈다. 그 후 사토 씨는 나를 자기의 상담자로 받아들였으며, 매주 만나는 것을 즐거워하며 가끔은 뒷마당을 함께 산책하기도 했다.

　11월 어느 추운 날 감기가 심하게 걸린 나는 꼼짝도 못하게 아파서 직장을 8일 동안이나 나가지 못했다. 그후 연휴까지 끼어 3주나 사토 씨를 보지 못했다. 연휴가 끝나고 내가 방문한 날, 아파트 입구에 구급차가 서 있었다. 응급요원들이 문 앞을 왔다 갔다 했다. 서둘러 들어가니, 입구에 카운터에서 일하는 쉐리가 눈물이 가득찬 눈으로 사토 씨가 세상을 떠났다고 했다. 유품을 정리하려고 들어간 사토 씨의 방 벽에 "愛しています, Regina(사랑해, 레지나)"라고 써 있었다.

다섯 가지 소원

새해가 되어 사무실 전화 보이스메일에 새롭게 녹음하고 그동안 저장해놓은 것들을 정리하려고 하나씩 지워나가는데, 마지막 메시지를 틀고서는 한동안 움직일 수 없었다. 3년 전 오늘 우리 곁을 떠난 미스터 쿡스가 힘 없고 작은 목소리로 또박또박 남긴 메시지였다.

"레지나, 고마워. 내가 얼마나 더 살 수 있을까? 아마, 시간이 얼마 없겠지? 그동안 함께 해주어 고마워! 그동안 나에게 도움을 준 모든 것들 진심으로 고마워. 내 성격이 무뚝뚝하고 말이 없어 고맙다는 표현 제대로 못 하고 , 쑥스러워 감사하다는 표현도 못 한 것 진심으로 미안해! 그리고 혹시라도 내 동생이 찾아온다면 내가 남기는 마지막 페이(매달 정부에서 받는 보조금) 중에서 남은 돈 465불을 내 동생에게 주었으면 해. 나는 지금은 숨 쉬기가 너무 불편해. 몸이 아픈지는 모르겠는데(이미 모르핀을 맞는 중이라 통증을 거의 못 느끼고 있었다) 몸을 일으킬 수 없네! 레지나, 정말 고마웠어!"

브루스는 마흔여섯 살 아직 젊은 나이였는데, 그동안 고생을 많이 한 탓인지 그 나이라고는 믿을 수 없을 만큼 늙어보이는 키 6피트4인치(약 193cm), 몸무게 298파운드(약 135kg)인 백인남자였다. 내 고객이 된 브루스와 거의 매주 상담시간을 갖는데, 그는 질문에 단답형으로 대답할 뿐, 거의 말수가 없었다.

어느 상담 일에 찾아온 브루스는 거의 3주간 식사를 하지 못하고 있었다. 이날 모든 일을 제쳐놓고, 싫다는 브루스를 설득해 우리 사무실 근방에 있는 하버뷰병원으로 갔다. 브루스의 상태를 의사에게 얘기하는 도중에 브루스가 쓰러져버렸다. 이날부터 브루스의 입원이 시작되고, 입원 후 3일째 되는 날 급한 상황이 펼쳐졌다. 의사는 현재 브루스는 암 말기로, 길게는 6개월 짧게는 3개월밖에 남지 않았다고 했다. 위에도 암이 있고 여기저기 전이되어 여태까지 이 상태로 다녔다는 것이 신기할 정도라고 말했다. 가슴이 무너지는 것 같은 심정이었다.

브루스는 30여 년 전부터 지금까지 홈리스 생활을 해왔다. 가난하게 살던 부모님이 병으로 세상을 떠난 후 열세 살 브루스는 친척 집에 맡겨졌으나 친척들의 학대로 집을 뛰쳐나왔다. 열다섯 살이었다. 친척들이 살던 샌디에이고를 떠나 미국 전역을 돌아다니면서 훔치고 강도짓하고 약물중독으로 길가에 쓰러져 있다가 경찰에 잡혀 감옥살이를 하는 등 험난한 인생여정이었다. 마흔한 살이 되기까지 세상에서 안 해본 일이 없을 정도였다.

생이 얼마 남지 않았다는 이 친구에게 무엇인가를 해주어야 겠다고 생각했다. 브루스가 좋아한다는 노란 프리지아 한 다발을 사서 병원으로 갔다. 이날도 브루스는 통증완화 주사를 맞고는 죽은 듯이 자고 있었는데, 웬만큼 잠을 잔 듯 내가 들어온 인기척에 살짝 눈을 뜨고는 나를 보자 힘없이 미소지었다.

"오늘은 네게 질문이 있어. 우리가 시간이 얼마나 남았는지 아직 잘 모르잖아(브루스가 자기의 마지막을 알고 싶다고 하지 않아서 담당 카운슬러인 나만 브루스의 시간을 알고 있었다). 그런데 나는 네가 무엇을 원하는지 모르겠어. 내가 해줄 수 있는 것이라면 다 해주고 싶은데, 얘기해볼래?"

브루스는 힘에 겨운 듯 겨우 숨을 쉬면서도 슬며시 웃는다. 그러고는 정말 자기의 소원을 들어줄 수 있느냐고 했다. 브루스에게는 다섯 가지의 소원이 있었다. 첫째, 캐나다에 사는 93세 된 이모를 만나보는 것이란다. 둘째, 샌디에이고에 남동생이 사는데, 자기가 세상을 떠나기 전 꼭 한 번 다시 보는 것이란다. 셋째는 시애틀의 유명한 놀이터인 그레이트휠을 한 번 타보는 것. 넷째는 스페이스 니들에 올라가서 근사한 점심을 한 번 먹어보는 것. 다섯째는 배 타고 태평양 바다를 한번 나가보는 것이라고 했다.

브루스의 다섯 가지 소원을 듣고서는 이날부터 브루스의 소원을 들어주기 위해 준비하기 시작했다. 브루스의 남동생 신분을 찾는 일을 시작한 지 7일째, 브루스의 남동생과 극적으로 통화가 되었다. 두 번째 캐나다 밴쿠버에 살고 계신 이모님은 연세가 많아 양로원에 계신데 시애틀로 올 수는 없으니 브루스더러 한 번 다녀가라 했다. 브루스가 타보고 싶다는 시애틀 다운타운의 그레이트휠은 마침 평소에 잘 아는 미국 친구가 그레이트휠 회사 사장하고 친하다며 표 네 장을 보내왔다.

모든 것들이 다 준비되기까지 나는 잠시도 시간을 낼 수 없이 바쁘게 사무실 일을 병행했다. 브루스를 방문하는 날 아침에 브루스의 전화가 왔는데, 나는 이날 사무실 일로 다른 주에 이틀 동안 출장을 가야만 했다. 짧은 출장을 마치고 이틀 후에 다시 사무실로 돌아와서 보이스 메일을 들어보니 많은 메시지 중 브루스의 메시지가 마음에 걸렸다. 모든 일을 뒤로하고 하버뷰병원으로 달려갔다.

병실에 도착하니 브루스는 이미 죽음을 앞두고 혼수상태에 빠져있었다. 숨 가빠하는 브루스를 바라보는데, 한숨 섞인 눈물이 흘렀다. 좀 더 일찍 이 친구의 소원을 들어줄 수 있었다면 정말 좋았을텐데…. 두 시간을 브루스 곁에 있다가 다시 사무실로 돌아와 일을 마치고 병원에 전화를 걸었다. 간호사는 브루스가 이제 혼수상태를 벗어나서 조금 안정적인 상태라고 말했다.

하루가 지나고 그다음 날 아침 미팅이 다른 곳에서 있어서 6시간의 출장을 마치고 돌아오면서 병원으로 전화를 했다. 브루스가 위급한 상황이라고 해서 급하게 병원으로 달려갔다. 병실로 들어서자 브루스가 겨우 눈을 떠 주위를 한 번 둘러보고 병실 안에 있는 나의 모습을 발견하고는 힘없이 미소를 띠었다. 그러고는 금세 고개를 떨구었다. 간호사가 들어와 산소호흡기를 다시 부착하고 숨쉬기를 시도해보았지만, 브루스는 떠나갔다.

아무리 불러도 대답 없는

지난 겨울은 유독 추웠다. 살을 에는 듯한 추위에 비마저 장대비처럼 쏟아져 너무 추웠다. 아는 분에게 전화가 왔다. 지인의 자녀가 유학하고 있는데 며칠 전부터 소식이 끊겼다고 했다. 실종신고를 했고 친구들에게 연락했지만, 별다른 소식을 찾을 수 없다고 했다. 알고 있는 기관들에 아이의 사진과 생년월일을 메일로 보내고 도움을 요청했다.

이 아이의 행방불명 소식에 나는 어릴 때 엄마를 따라 수산물시장에 갔다가 엄마의 손을 놓쳐버리고 헤매다가 경찰의 안내로 파출소에서 엄마를 기다렸던 일이 생각났다. 엄마와 헤어진 9시간 동안 너무나 무섭고 두려웠다. 그날 이후 나는 엄마가 시장에 간다고 해도 절대로 따라나서지 않았다. 이때의 충격은 그대로 남아, 어디 여행을 가게 되면 멤버들을 다시 한번 확인해보는 습관이 생겼다.

아이의 부모는 아이를 미국으로 조기유학 보냈는데, 3개월 전 쯤 아이에게 문제가 생긴 것을 알게 되었다. 아이가 언제부터인가 잠을 못 자고 우울해하며 학교도 자주 빠졌다고 한다. 그래도 병원에서 우울증 약을 처방받고 학교생활을 잘하는 줄 알고 있었는데, 별안간 아이가 행방불명이 된 것이었다. 아이의 부모는 만사를 제쳐놓고 이곳으로 와서 아이를 찾으러 온 갖 곳들을 다 돌아다니다 나에게도 연결되었다. 얼마 후 아이 찾기를 부탁했던 지인에게 연락이 왔다. 아이를 찾았단다.

며칠 후 아이의 부모와 학교 친구들 그리고 학교 선생님들, 그 외에 아이가 머물던 하숙집 주인 내외와 우리는 태평양 바다 위에서 아이를 보내는 장례식을 치렀다. 이날은 유독 추웠다. 비는 오지 않았지만, 바람이 세게 불어와 배 선창에 서 있고 싶어도 서 있지 못할 정도였다. 우리 모두 흐르는 눈물을 멈출 수 없었다. 이제 고작 열여덟 살인데, 앞으로 살아갈 시간이 너무나 많은 꿈 많은 아이였는데….

경찰과 해경의 탐문조사에 의해 발견된 것은 아이의 예쁜 재킷과 핸드폰이었다. 아마도 답답한 그 무언가가 있었지 않나 싶었다. 아이가 걸어 들어간 그 캄캄한 겨울 바다가 너무나 미웠다. 아이의 부모는 거의 실신상태라 장례식에도 거의 서 있지 못하고 넋이 빠져나간 모습이었다. 나는 목에 두르고 있던 두꺼운 털목도리를 아이 엄마의 목에 둘러주며 아이 엄마를 감싸 안았다. 아이 엄마는 며칠 동안 아무것도 먹지 못해서 뼈만 남은 모습으로 장례식 내내 멍하니 바다만 바라보고 있었다.

아이를 찾는 데 동원되었던 해양경찰 배 두 척이 장례식 내내 바다를 천천히 돌면서 물보라를 만들어 하늘 높이 쌍무지개를 만들어주었다. 아이를 보내는 가족들의 아픈 마음을 조금이라도 위로해주는 것 같아 감사했다.

우울증은 사람들 누구나에게 조금씩 있다. 우울증에 취약한 유전자를 갖고 있는 사람들은 평온한 삶을 살면 별다른 문제가 없지만, 어느 수준 이상의 스트레스를 받게 되면 우울증이 발병할 위험이 아주 높다.

지난해 우리를 떠난 아이의 부모와 그와 관계된 분들과 일 년 만에 다시 만났다. 마치 잃어버렸던 형제들이 다시 만나는 느낌이었다. 아이 부모는 아이의 일주기를 맞아 아이를 보낸 그 자리로 찾아가 그립고 보고픈 아이를 목 놓아 불러 보았단다. 아이의 부모와 마주 앉아 그동안 살아온 이야기를 나누는데, 돌아간 아이가 우리에게 웃는 모습으로 감사하다고 말하는 것 같은 시간이었다.

우리 함께 가요

어느 누군가는 여행을 많이 다녀서 좋겠다고 한다. 내가 하는 여러 복잡한 일에 대해 이야기를 다 할 수 없으니 그냥 웃고 만다. 우선 새로운 곳에 도착하면 사람들의 아이디를 마련해 주러 함께 가야 하고, 이들이 살아가는 데 필요한 서류들을 준비하러 함께 다녀야 하니까 그야말로 24시간 일이기에 잠시라도 한눈을 팔 수 없다.

며칠 전이었다. 내 전화기에 한국 분인 게 분명한 할머님이 영어로 녹음을 해놓았다.

"하이, 레지나 채. 디스 이즈 현○박. 내가 레지나 씨 글 독자요. 내가 쇼어라인에 사는데 지난번에 쓴 글 '함께 걸어가는 길'을 읽다가 내가 꼭 한번은 레지나 씨하고 얘기를 해보아야겠다고 생각하고 전화를 걸었어요. 나는 지금 나이가 구십 살이라오. 1974년도에 자식들 데리고 미국에 와서 지금까지 감사하게 잘 살고 있다오. 시간 되면 전화 주시구랴."

90세 어르신인 것에 감동하여 바로 전화를 드렸다. 할머니는 내가 쓴 글이 좋다고 감사하다고 했다. 내 글에는 사람 사는 맛이 있다며 내가 쓴 글을 오려서 묶어 놓았다고도 했다. 내 글을 읽으며 마음이 찡해지고 슬퍼서 울기도 한다고 했다. 할머님의 긍정적인 사고방식, 하면 된다고 생각하고 무슨 일이든 적극적으로 삶을 살아오신 태도 등 할머님의 인생 이야기를 들으면서 많이 배울 수 있는 시간이었다.

내가 하는 일들이 너무 귀하고 감사하고 행복하다. "냄새나고, 더럽고 욕먹고, 지저분한 그 일이 왜 좋은 거지?"라고 내게 묻는다. 힘든 이들의 삶을 내 손으로 붙잡아주며 함께 걸어갈 수 있다는 것이 얼마나 신기한 일인가. 이들이 혼자서 외롭지 않도록 내가 이들의 손을 잡아줄 수 있는 일이 축복이 아니라면 뭘까. 가끔은 '아니, 이 일 아니면 못해?'라고 화날 만큼 힘이 든 적도 있지만, 그래도 이들을 바라보면 손을 잡아주고 싶은 심정이 되곤 한다.

호세의 세상

호세의 얘기를 들으며 울지 않으려고 다짐했었다. 공연히 딴 청을 피우며 앞에 앉아있는 호세의 눈을 마주치지 않으려고 애를 쓰며 그리 크지 않은 사무실 어디에 시선을 두어야 할지 방황하고 있었다. 가슴 밑바닥에서 올라오는 슬프고 쓰디쓴 감정이 목구멍까지 올라와 숨을 쉴 수도 없게 힘들었다. 앞에 멀뚱히 앉아 아무런 감정 없이 얘기하고 있는 호세에게 잠시 기다리라고 하고는 직원용 화장실로 가서 물을 세게 틀어놓고 한참 눈물을 흘렸다.

다시 돌아와 보니, 상담실 안에 앉아있어야 할 호세가 없다. 로비에 앉아있는 리셉셔니스트인 캘리에게 물어보니 5분 전쯤 호세가 상담실을 열고 나와서 로비에서 잠시 머뭇거리더니 곧장 밖으로 나갔단다.

우리 카운슬러들은 일을 하면서 매년 여덟 번씩 교육을 받는다. 내담자들이 와서 상담할 때 공감하고 말을 들어주되, 본인의 감정은 섞으면 안 된다는 것을 귀에 못이 박히도록 들어왔다. 이들을 대하면서 의연하려고 하지만 내 눈물샘이 나를 가만 내버려두지 않는다.

호세는 서른여섯 살인데 겉으로 보면 한 오십 살쯤 되어 보인다. 안경 쓰던 자리에 허옇게 그림자가 생겨 더 나이가 들어 보인다. 건장한 미국인들 사이에서 자그마한 체구에 싱글거리며 다니는 내가 편했는지 호세가 내게 말을 걸었다. 호세를 상담실 방으로 들어오라고 한 다음 호세의 이야기를 들었다.

호세는 다섯 살 때부터 포스터(위탁가정)에서 살았다. 호세의 부모는 누구인지 모른다. 엄마 아빠 모습이 전혀 기억나지 않는단다. 그런데 위탁 부모들은 호세의 부모님이 코카인 중독자였고, 코카인을 팔다가 갱들의 총에 맞아 죽어 어린 호세와 여동생 둘이 위탁가정에 맡겨졌다고 귀가 따갑도록 이야기했단다. 위탁가정이 여러 번 바뀌면서 호세하고 두 여동생은 헤어져 어디로 갔는지 연락두절 상태란다. 믿을 수 있는 것은 아무것도 없던 호세는 여덟 살 되던 해 무조건 집을 뛰쳐나왔다고 했다.

호세의 이야기를 듣고 눈물 콧물 다 흘리며 상담실로 돌아왔는데, 호세와 함께 내 휴대폰이 사라졌다. 그런데 잠시 후 호세가 내 휴대전화를 갖고 다시 나타났다. 나는 호세의 손에 돈

10불을 쥐어 주었다. 팔아먹지 않은 게 정말 다행이다 싶었다. 다행히도 전화는 아무 문제가 없었다. 호세는 나에게 고맙다며 인사를 꾸벅한다. 신고해도 별 효과가 없다. 난 호세에게 희망을 주고 싶었다. 결과에 대해서는 말하고 싶지 않다. 사람을 변화시키는 일은 힘든 법이니까.

호세는 돈이 손에 쥐어지면 무작정 햄버거집으로 향해서 방금 튀겨낸 프렌치프라이와 햄버거로 배를 채우며 행복해했다. 빨리 먹는 게 돈을 안 잃어버리는 길이라는 것. 열두 살 아이 호세는 그렇게 세월을 보내오면서 안 해본 일이 없고 안 가 본 곳이 없게 전 미국을 떠돌아다녔다.

내가 호세에게 물어보았다.

"웬일로 내 전화 가지고 왔지?"

호세가 이야기한다.

"레지나가 좋은 사람이니까! 지난번에 레지나가 준 한국 라면 너무 맛이 있었어."

난 새벽에 일을 시작한다. 집에서 6시 30분 버스를 타고 사무실에 도착하면 7시 15분부터 하루를 시작한다. 모든 직원이 출근하는 9시까지 나는 조용한 시간에 서류 정리하는 일을 거의 끝내버리고 낮에는 고객 상담을 한다.

새벽에 거리를 다니다 보니 가끔은 위험한 상황이 전개되기도 한다. 그런데 나의 홈리스 고객들이 나를 지켜준다. 내가 모르는 홈리스들에게 둘러싸이면 나의, 아니 우리 사무실 홈리스 고객들이 나를 알아보고는 사무실에 온전히 도착하기까지 동행해주기도 한다.

내가 이들을 어떻게 도와야 할지 아니 얼마만큼 도와야 할지 나도 잘 모른다. 알고 있는 것은 이들에게도 누군가가 필요하고, 나는 이들을 일으켜 세우는 일에 최선을 다한다는 것. 이들의 변화와는 상관없이 삶 속에서 그 누군가가 자신들과 함께 했다는 기억이라도 갖게 해주고 싶다.

떡볶이

올해 겨울에는 정말로 비가 많이 왔다. 50년 만에 처음이라는 뉴스를 들었다. 매일 아침 눈을 뜨면 비가 주룩주룩 내리니 따뜻한 침대에서 일어나기 싫을 정도였다. 겨울비가 많이 내렸고 나 역시 너무 힘들어서 패닉상태가 되었다. 나와 함께 20년 일해온 디렉터는 충분히 쉬어야 한다고 나를 떠밀었다. 캘리포니아 이틀 출장 후 7일 휴가를 내고 캘리포니아 사막을 돌아다녔다. 공황상태에 빠졌던 내 머리가, 내 가슴이, 내 몸이 다시 에너지를 얻었고 새로이 일어날 수 있었다.

우리가 매일 만나는 고객들은 심한 중독자들이기도 하고 정신지체자이기도 하고 대부분이 홈리스들이다. 이들은 누군가가 도와주지 않으면 자기를 관리하는 일이 거의 불가능하다. 매주 만나는 고객 중에는 여자인데도 2년째 같은 옷을 입고 있는 고객도 있다. 아무리 새로운 옷을 사다 주고, 갈아입을 것을 권유해도 절대로 바꾸어 입지 않는다. 물론 샤워 역시 안 해서 그에게서 나는 냄새가 후각을 마비시킨다. 그래도 강제로 하라고 할 수 없으니 매주 만나서 이들의 정신과 감정을 살핀다. 아무나 하기 어려운 일이다. 보통 일반적인 사람들도 상담이 어려운 것인데, 정신 줄을 놓은 고객들과의 동행은 어지간한 희생과 사랑이 있어야만 가능하다. 직업으로 일하기에는 너무나 많은 희생이 필요하다. 그래서인지 우리 사무실 직원들의 사명감을 보면 내가 감탄할 정도이다. 어찌 저렇게 이들에게 잘할 수 있을까?

내가 홈리스 고객들을 상대로 쿠킹테라피 교육을 시작한 지 6개월 되던 어느날 ○○이 나타났다. 그날 이후 우리 사무실로 찾아와서는 자기도 쿠킹테라피 시간에 오고 싶다며 매주 금요일 낮에 진행하는 쿠킹클래스 시간에 미리 와서 기다렸다. 손톱도 깨끗하게 자르고 옷도 깨끗하게 입고 긴 머리는 뒤로 묶고서는 내가 전해주는 앞치마를 두르고는 뭐를 할까, 기다리는 모습을 보면서 도대체 ○○은 무슨 증상일까, 생각하게 할 정도로 괜찮아 보였다.

쿠킹테라피는 여러 가지 다른 나라 음식을 함께 만들어보는 시간인데, 만들면서 이들과 함께 여러 이야기를 나누며 세상과의 소통을 가르치고 배운다. 음식을 만들면서 내가 좋아하는 이탈리아 가수 보티첼리의 노래를 늘 틀어주었는데, 하도 많이 듣다 보니 보티첼리의 노래가 나오면 함께 부르곤 하였다.

매주 메뉴를 바꾸어서 준비하는데, 한번은 한국 떡볶이를 가지고 무엇을 해볼까, 연구하다가 떡볶이를 타이식으로 요리법을 작성한 후 수업을 시작했다. 요리를 시작하면서 서로 붙은 떡볶이 떡을 하나씩 떼어 놓고 재료를 씻으라고 말한 뒤 이들을 살펴보는데, 말이 없던 ○○이 눈물을 뚝뚝 흘리면서 준비한 채소 재료들을 씻고 있었다.

내가 "무슨 일이야? 왜 우는 거야?"라고 물으니 ○○은 다른 고객들의 눈치를 살피면서 숨을 죽이며 눈물을 흘리고 있었다. 인턴에게 쿠킹클래스를 맡기고 ○○을 데리고 조용한 상담실 방안으로 데리고 가서 그가 진정되기를 기다렸다.

그는 엄마가 한국사람이어서 떡볶이를 먹어보았다고 했다. 그러고 보니 그는 아프리계 미국인이기보다는 동양적인 모습이었다. 그의 엄마는 자신과 아빠를 두고 떠났다고 했다. 열세 살 즈음까지 아빠랑 같이 살다가 아빠가 재혼하면서 친척 집을 전전하다가 포스터 홈에서 살았다고 했다. 그런데 오늘 떡볶이 재료를 보니 엄마가 너무나 보고 싶어서, 엄마가 너무나 그리워서 눈물이 났다고 했다. ○○은 이야기를 하면서도 흘러내리는 눈물을 옷깃으로 닦아내고 있었다. ○○을 꼭 안아주고 싶었다. 그렇지만 사무실 룰이 고객과 악수 이상 하면 안 되기 때문에, 그냥 눈물 흘리는 ○○을 지켜보기만 할 뿐이었다.

코로나 바이러스

우리 부서 직원 89명 중 60대 직원들이 대여섯 명 있다. 그중에 오랜 시간 동안 수녀원에서 봉사하다가 수녀원을 탈퇴한 후전공을 살려서 정신과 카운슬러로 일하는 앨리, 우리 사무실 직원이기도 하지만 거의 홈리스 정신과 병원에 출장 나가서 일하는 케이, 그리고 나 역시 60대이다. 며칠 전 사무실에서 일하고 있는데 누군가 나를 조용히 부르는 소리가 있어 뒤를 돌아다보니 케이였다. 케이는 기분이 좋지 않아 보였다. 케이와 함께 사무실 컨퍼런스룸에 들어가 얘기를 듣자니, 사무실 디렉터가 2주 전 언제부터인가 집에서 근무하면 어떻겠냐고 물어왔단다. 다른 직원들에게는 그렇게 얘기하지 않았는데, 나이 먹은 사람들에게 그런 종용을 하니 아무래도 이것은 에이지이즘 (나이 먹은 사람들을 차별하는 처사) 같다는 것. 나는 그의 의견을 존중하지만, 그와는 느낌이 다르다고 얘기했다.

나는 사무실 디렉터에게 내가 지난 20년 동안 몇 번의 갑상선 이상 수술과 여성암 수술, 위 종양 수술 등 여러 번의 수술을 했다고 말했다. 암이 가족력이란 것도, 항상 씩씩하게 다니지만 쉽게 아픈 사람이라는 것도 알렸다. 내게도 디렉터가 집에서 근무해도 괜찮다고 했지만, 내가 맡은 49명의 정신질환 환자들이나 홈리스 중독자들에게 필요한 서류가 완전히 준비되지 않아서 며칠 사무실에 나와야 하고 그 작업이 끝나면 재택근무를 할 거라고 얘기했다. 디렉터가 두 차례 더 재택근무를 권면했을 때 진심으로 그 말이 고마웠다는 것도 잊지 않고 덧붙였다. 재택근무가 나이 차별로 여겨지지도 않는다고 말했다. 케이는 내 얘기를 듣고 자신의 사무실로 돌아갔다.

한 달에 한 번 주사를 맞아야 하는 고객이 정해진 시간에 사무실로 오지 않아 걱정이었다. 사무실에서는 나를 걱정해서 집에 머물라고 하지만 내가 얼마간 사무실에 못 나온다면 홈리스와 이들에게 어려움이 올 것이 뻔한 일이었다. 이들에게는 매주 만나러 오는 카운슬러가 유일한 방문자이기 때문이다. 머리가 복잡해졌다.

아무튼, 밀린 일들을 거의 마무리하고 일주일 동안 나의 고객 49명을 거의 다 만나러 다녔다. 이들이 한 지역에 있는 것이 아니어서 차를 타고 이들이 있을 만한 곳을 다 찾아다니며 그동안 준비해놓은 맥도날드, 버거킹, 서브웨이 등 기프트카드를 이들 손에 쥐여주었다(이 카드들은 내가 모은 돈으로 사두기도 하지만 가끔 내가 하는 일을 돕고 싶은 친구들이 사서 주는 기프트카드다). 기프트카드를 손에 쥐여주자 얼마나 안 올 것이냐 묻는 이들에게 확실한 대답을 못 해주었다.

며칠 동안 집에서 근무하며 고객을 직접 볼 수 없으니, 직접 환자를 만나야 하는 우리의 일이 제한되었다. 매주 만나야 하는 고객 중에 3주째 연락이 안 되는 고객인 ○○을 찾기 위해 시애틀 홈리스 쉘터 모두 다 알아보았는데 ○○의 행방을 알 수 없었다. 4시간을 돌아다니다 시애틀 부둣가 벤치에 앉아 치즈스틱을 먹고 있는 ○○을 만났다. 눈물이 핑 돌았다. 이제 서른아홉 살, 세 아이 엄마인 ○○은 정신병으로 인해 남편과 헤어지면서 오리건에서 시애틀로 와서는 홈리스가 되어 시애틀 시내를 헤매고 있다. 나는 ○○에게 밤에 잘 수 있는 곳을 알려주고 혹시라도 배고프면 우리 사무실에서 운영하는 쉘터로 가라고 거듭 당부했다. 쉘터 주소를 종이에 적어주고 중국 레스토랑 하는 친구가 만들어준 도시락을 먹는 것까지 보고 난 후에 떼어지지 않는 발걸음으로 돌아왔다.

정상적인 사람들에게도 코로나 바이러스는 위험한데 이들은 너무 쉽게 노출되어 있어 걱정이 많다. 재택근무를 하면서도 헤매고 있는 나의 고객들이 염려되어 이들을 몇 번 더 방문했는데, 앞으로가 더 걱정이다. 코로나는 홈리스뿐만 아니라 주위 사람들에게도 상당한 영향을 주었다. 어떤 이는 레스토랑을 차린 지 이제 석 달째인데 너무 기가 막힌다고 한숨을 쉬었다. 어려울 때 우리 서로 돕는 방법을 찾아봐야 하지 않을까 싶다.

너는 너무나 소중한 존재야!

코로나로 재택근무한 지 두 달여가 되어간다. 물론 일주일에 이틀은 사무실에 나가지만, 안에만 있는 것이 아니라 우리 고객(홈리스)들이 살고 있는 곳(그룹홈)으로 가서 이들과 면담하고 생활은 어떻게 하고 있는지, 약은 제대로 복용하고 있는지 묻는다. 그 외에 필요한 것들이 무엇인지를 살펴보고서 다시 사무실에 들어와 이들에 관한 한 서류작업을 마무리한다. 물론 이들을 만날 때 30명 정도 인원이 들어가는 회의실에서 6피트(약 180cm) 이상 떨어져 이야기한다. 이들에게 마스크를 전해준 지가 몇 주 되는데 아무도 마스크를 착용하지 않는다. 그러니 이들과 일해야 하는 우리 카운슬러들이 마스크 쓰고 장갑을 껴야 한다. 한 고객과의 만남이 끝나면 마스크와 장갑을 바꿔 끼고 다음 고객 만날 준비를 한다.

만나는 고객들이 다 정신적인 문제나 병이 있는 것은 아니다. 어떤 고객은 유전적인 정신질환을 갖고 있기도 하고, 어떤 이들은 환경에 의해 정신적인 질병을 얻어 정상적인 생활이 불가능해서 약을 복용하면서 정신과 상담으로 도움을 받기도 한다. 환경에 의해서 정신질환을 얻은 경우는 어릴 때 받은 충격과 학대로 얻게 된 질병 때문에 일반적인 정상 생활이 어려운 경우이다.

오늘 만나야 할 고객 중에 이제 20대 초반의 젊은 고객이 있다. 이 친구는 항상 우리 사무실에 올 때면 검은 후드를 깊게 눌러 덮고 큰 키를 구부정하게 숙이고 들어온다. 굽실거리는 머리카락은 후드 안에서 넘치다 못해 밖으로 나와서 어깨를 덮는다.

이 친구는 스물네 살인데, 아프리카계 미국인 아버지와 백인 엄마 사이에서 태어났다. 코로나가 발병하기 전에 이 친구를 가까이서 면밀히 살핀 적이 있다. 이 친구는 어릴 때 아버지와 어머니의 학대를 받고 자랐다. 늘 불안하고 겁이 나며 자신감이 없었다. 학교생활도 어렵게 하고 겨우 고등학교를 졸업하고는 부모의 이혼으로 오갈 데 없어지자 청소년 그룹홈에 있다가 나이가 차서 우리 사무실로 넘겨진 케이스였다. 이 친구는 키가 엄청나게 크고 백인과 아프리카 아메리칸 사이의 장점을 모두 갖고 태어나 외모가 멋지고, 잘생긴 청년이었다. 그러나 이 친구는 진정제를 먹지 않으면 불안해서 생활이 불가능했다,

이 친구의 기록카드를 살펴보니 부모는 열일곱 살 때 이혼하고, 열여덟 살 때 고등학교 졸업하고 집을 나와서 길거리를 헤

매다가 마약 종류를 소지한 이유로 법적인 제재를 받고 몇 차
례 수감되었다. 감옥에서의 거친 생활에 적응을 못 해 더 많
은 상처를 받고 나온 이 친구의 서류에는 특별한 케어가 필요
하다는 빨간 줄이 그어 있었다. 이 친구의 증세는 양극성 장애
(bipoula)로 기분이 좋은 상태였다가 별안간 불같이 화를 내는가
하면, 불안할 때는 정도가 너무 심해서 앉아있지 못하고 경련
까지도 일으키는 상황이었다. 이 친구는 일상적인 생활이 어려
워서 나라에서 주는 보조금을 받으면서 우리 사무실이 마련해
준 그룹홈에 살고 있다. 상태가 좀 더 중증인 이들, 그리고 약
물 중독자들도 함께 거주하기 때문에 나는 이 친구의 발전을
위해 좀 더 나은 집을 찾고 있는 중이었다.

　이 친구를 만나러 그룹홈으로 찾아갔는데 날씨가 너무 좋았
다. 그에게 밖으로 나오라고 한 후 공원에 있는 벤치에 앉아 이
야기를 들었다. 그런데 일주일 동안 일들에 대해 이야기하다가
별안간 눈물지으며 나에게 묻는다

　"레지나, 당신도 내가 별 볼 일 없는 사람으로 보이나요?"

　그는 어릴 때 엄마 아빠에게 "너는 세상에 쓸모없는 인간"이
라는 얘기를 늘 들어왔단다. 이런 생각이 날 때면 등에 땀이 흐
르고, 숨이 가쁘고 어떤 때는 머리까지 핑핑 돈다고 한다. 엄마
아빠가 옆에 있으면 주먹으로 세게 치고 싶다고도 했다. 그리
고 가끔 그룹홈에서 누군가가 자기에게 "쓸모없는 놈"이라고
하면 그 사람이 죽이고 싶을 만큼 미워서 자기가 어떻게 할 것

같은 생각이 든다고 했다.

외할머니는 권총으로 자살했고, 아빠는 알코올중독이어서 늘 집안에는 싸움이 그칠 날이 없었다고 한다. 엄마가 아빠에게 하도 맞아서 아빠를 피해 다른 곳으로 도망 다녔다고 말하다 고개를 숙이고는 이야기를 중단했다.

나는 그를 도와주고 싶어 심리치료를 받을 생각이 있느냐고 물었더니, 내가 자신을 도와주면 좋겠다고 했다. 사무실 디렉터에게 보고하니 디렉터는 고객이 원하면 굳이 심리치료 카운슬러에게 보내지 않아도 된다고 했다.

이 친구를 우리 사무실 컨퍼런스방에서 마주하기 전 나는 조금 긴장되었다. 사람들 마음속 깊이 숨겨서 있는 상처들을 꺼내어 드러낸다는 일은 아픈 일이었기 때문이었다. 이 친구가 눈을 감고 자기의 어릴 때 일을 회상하는 동안에 그의 정신세계는 약한 어린아이로 돌아가 있었다. 몸을 벌벌 떨며 무서운 기억에서 도망치면서 눈물을 흘렸다.

나는 그의 마음속에 자리 잡고 있는 아픈 마음, 학대받은 영혼을 다 버리라고 말하며 그를 위로해주었다.

"네 잘못이 아니야! 그들의 잘못된 생각인 거야. 너는 그것을 네 잘못으로 생각해야 할 이유가 없어! 너는 세상을 충분히 사랑하고 누릴 수 있는 사람이야. 그리고 새로운 삶을 만들어가는 사람인 거야!"

팬데믹 때문에

엄마의 아버지이셨던 내 외조부님은 조치원에서 초등학교 교장선생님으로 계시면서 한의사이시기도 했다. 내 어릴 적 기억에 할아버지 집 앞에는 할아버지에게 침 맞으러 오는 사람들이 길게 줄을 서 있었다. 할아버지는 이분들의 치료를 거의 무료로 해주셨는데, 할아버지 광에 곡식이니 과일 등이 떨어지지 않았으니, 아마도 할아버지에게 치료를 받고 인사로 들고 오신 분들이 많이 계셨던 것 같다. 할아버지께서는 우리 엄마와 이모, 삼촌들에게 음식은 나누어 먹는 것이라는 가르침을 주셨다. 그래서일까. 우리 형제들은 남들하고 나누는 것이 불편하지 않다. 그리 큰 부자는 아니었지만, 있는 것을 나누며 사셨던 엄마의 삶이 우리 형제들에게 전해진 듯하다. 나는 물질적인 것뿐 아니라, 내가 알고 있는 것이 있으면 누군가에게 나누어 주고 싶다.

시카고에 살면서 학교에 다닐 때는 학생 신분으로 시카고한인회 봉사위원으로 한인회 일을 도우면서 시카고 최초로 무궁

화아파트 세우는 일에도 참여했다. 하와이에 살 때는 스쿨 카운슬러로 일했다. 리후아, 펄시티, 마카킬로 세 초등학교 애프터스쿨 프로그램을 만들어 어려운 가정의 아이들을 돌보며 바닷가로 나가서 함께 놀기도 했다.

시애틀로 와서는 통합한글학교의 교감으로 외국인 학생들을 가르치기도 하고, 고등부 학생들을 가르치며 즐거운 시간을 보냈다. 1990년도 초에는 한인회에서 어르신들 영어교육을 담당하면서 노인분들 96명이 시민권 시험에 합격할 수 있도록 최선을 다해 가르쳤다. 시민권 시험문제 중에 소셜넘버를 외워야 하는 것도 있었는데, 어머님 중에는 학교에 다녀보지 않은 분들도 많이 계셨다. 난 이분들에게 문제와 답을 재밌게 외우는 방법을 만들어서 공부를 시켰다. 그중 어느 할머님은 본인 소셜넘버를 영어로 외우는 것도 벅찬데, 남편 것까지 외우려니 애를 먹었다. 또 어떤 분은 겨우 본인의 소셜넘버를 잘 외워놓고는 "아이구야! 니 참 잘갔데이!" 하시면서 돌아가신 분에게 감사를 드리기도 하였다. 1990년도 초에 앞으로 시민권 있는 분들에게만 웰페어(생활보조금)를 준다고 발표가 났고, 영어로 시험을 쳐야 하는 시민권시험 때문에 모든 어르신들이 무척 염려했다. 그때는 시애틀한인회가 조지타운에 있었는데, 할머님 할아버님들이 그곳 한인회 빌딩에 오셔서 나와 함께 매일 두 시간씩 영어 공부와 시민권 시험공부를 하셨다.

나는 이분들에게 쉽게 공부할 수 있도록 시민권 문제 100문제를 외우기 쉽게 정리해서 테이프로 녹음하여 만들어 드렸고, 매일 암기하도록 했다. 그때 영어학교에 100여 명의 할머니 할아버지들이 참석하여 영어도 배우고 시민권 시험공부도 하며, 이 얘기 저 얘기 꽃을 피우며 마음을 털어놓기도 하셨다. 거의 4년간 함께 영어공부를 했는데, 내가 파트타임 일에서 풀타임 소셜워커로 가게 되어 더 이상 영어클래스를 할 수 없어 참으로 애석한 마음이었다.

요즈음 내가 하는 프로그램이 주로 홈리스, 중독자 그리고 정신문제가 있는 분들하고 하는 것이어서, 한국 분들은 그리 자주 보지 못한다. 그래도 많은 분이 차이나타운과 다운타운 노인아파트에 살고 계셔서 가끔 내 사무실이 있는 다운타운 거리에서 만날 수 있어 기쁘고 반갑다.

우리 사무실에서 어느 오래된 호텔을 렌트했고, 내가 담당하고 있는 케이스 중 홈리스 몇 분을 그곳에 입주시켰다. 비가 오거나 날씨가 추워지면 이들이 어떻게 지내는가 늘 걱정했는데, 시애틀 시청에서 재울 곳과 식사를 마련해주고 샤워를 하게 해주니 얼마나 다행인지 모르겠다.

그렇지만 이들은 오랫동안 머무르던 익숙한 다운타운 지역이 아닌 장소라 무척 불편해하고 답답해하기도 한다. 모든 게 갖춰진 호텔에 지내면서도 힘들어하는 이들을 보면서, 사람들에게 필요한 것들은 꼭 훌륭하고 좋은 집이 아니고, 비싼 옷도 아니며 맛있는 음식도 아닌, 사람들 간의 어우러짐이라는 생각이 들었다. 호텔에서는 고객 한 사람씩 각방을 사용하는데, 늘 무리 지어 살다가 먹을 때도 잘 때도 한 사람씩 따로 지내야 하니 환경이 아무리 좋아도 불편함과 외로움을 느끼는 듯했다. 우리가 찾아가면 이들은 사람에 대한 그리움 탓인지, 가슴을 열고 엄청 반가워한다.

우리 고객 중에 쉰아홉 살 백인 여자 고객이 있는데, 나의 고객으로 접수된 것은 4년 전이다. 이 고객도 다운타운 거리에서 쪼그리고 잠을 자다가 이번 팬데믹으로 이곳 호텔로 오게 되었다. 팬데믹이 시작되면서 카운슬러들의 직접 방문이 어려워지자, 이분도 무척 외롭고 힘들었던 것 같다.

이 친구를 보지 못한 지 거의 6주 만에 호텔로 찾아갔다. 그는 호텔 안에 있으면서도 비닐을 덮어쓰고 내려왔다. 그는 나를 보자마자 덥석 포옹하려고 했다. 나는 "○○아, 지금은 손도 잡으면 안 되는 팬데믹 타임인 거 알지?"라고 말하며 그를 멈춰 세웠다. 그는 "레지나, 너무 보고 싶었어! 이 세상에서 나에게는 레지나밖에 없는 거 알지?"라면서 눈물을 흘린다. 가슴이 뭉클해지며 아려왔다. 만남을 마치고 다른 고객을 만나러 퀸앤으로 달려가야 하는데, 그가 묻는다.

"레지나, 나를 버리지 마. 또 찾아올 거지?"

고립

　지금까지 살아오면서 생각지도 못한 일이 팬데믹 상태다. 어떻게 이런 일들이 우리의 삶 속에서 일어날 수 있을까? 길거리 생활에 익숙한 홈리스 고객들이나 정신질환 환자 그리고 중독자들을 위해서 우리 사무실에서 구입한 오래된 호텔에 이들을 수용하면서, 호텔 안에서 크고 작은 문제들이 발생했다.

　고객 방문을 위해 호텔로 찾아가니, 호텔 주변에 임시 담장을 치고 호텔 옆쪽으로 문을 내어서 모든 통행자가 그 문을 통해서만 들어가고 나갈 수 있다. 그 문 앞에는 건장한 가드 두 명이 지켜 서서 들고나는 사람들의 신분증을 확인하고 있었다. 나 역시 겨우 호텔 입구를 찾아내고서 내 사무실 직원카드를 보인 후에야 호텔 안으로 들어갈 수 있었다. 나는 이들에게 나누어주려고 가져온 과자와 빵 등을 프런트데스크에 맡기면서 이들 중에서 정부 보조가 없는 홈리스(주로 외국인이나 영주권이 없는 자)들 위주로 먹을 것을 나누어주기를 부탁하고는 내 고객과의 미팅을 시작했다.

오늘은 내 고객이 기분이 좋은지 싱글싱글 웃으며 나를 반기고 있다. 이제는 이 답답한 호텔 생활에 어느 정도 적응이 된듯하다. 좋은 호텔에 재워주고 꼬박꼬박 식사를 제공하는데, 뭐가 불편하다는 거냐고 묻는 분들이 있을 줄 안다. 그러나 길거리에서 오랫동안 살아온 이들은 아무리 시설이 좋은 호텔이라도 답답하고 숨이 막힐 것 같은 느낌을 갖는다.

30년 동안 길거리 생활을 하던 아프리카계 미국인 고객의 이야기이다. 루이지애나에서 이곳 시애틀로 이동해온 지가 10여 년이 되어가는데, 지금 나이는 거의 일흔이 다 되었다. 어릴 적 포스터홈을 전전하며 자라다가 십대가 되면서 범죄에 연루되어 감옥살이 10여 년, 그리고 출소하자마자 또 범죄에 연루되어 12년 감옥살이를 한 후 시애틀에 왔다. 이제는 나이도 먹고 힘도 없어서 길거리에서도 남의 눈치만 보며 얻어먹는 정신질환자이다. 나이가 들어 몸 여기저기 많이 아파하니 다른 젊은 홈리스 고객들보다도 더 많이 신경을 쓰며 어떻게든 저소득층 아파트를 얻어주려고 애를 써 보았지만, 쉽지 않았다. 나는 회사 전 직원 트레이닝 때 가슴 아픈 그의 삶을 전 직원 앞에서 설명했고, 그의 아파트 입주권을 따내었다.

그가 아파트에 입주한 지 얼마 안 된 시점, 아직도 늦은 시각에 밤늦게 길거리를 배회한다는 소식을 듣고 그를 찾아 나섰다. 다운타운을 거쳐서 차이나타운에 있는 다리 밑을 지나는데 누군가 "레지나"라고 불러 고개를 돌려보니 그가 몇몇 젊은 홈리스들하고 앉아있는 것이 보였다.

나는 손짓으로 그를 불러 오라고 한 후 '아파트가 있는데 왜 추운 밖에 있냐'고 물었다. 그는 아파트는 고맙지만 혼자 있는 게 너무 외롭고 무섭다고 말했다. 처음에는 어리둥절했지만, 그의 입장에서 살펴보니 이해가 갔다. 그도 그럴 것이 거의 평생을 길거리를 집 삼아 살아왔고, 친구들도 거리에 있으니, 따뜻하고 비도 피할 수 있는 아파트라도 혼자 있으려니 외로웠겠구나, 하는 생각이 들었다. 지금 머무는 그곳이 호텔인데도 이들에겐 창살 없는 감옥인 것이다.

그는 얼마 후 퀸앤에 있는 ○○센터에서 간암과 사투를 벌이게 되었다. 코로나 때문에 환자들을 보호하기 위해 방문이 허용되지 않았지만, 이 프로그램 매니저인 친구에게 부탁해서 문밖에서 유리 너머로 그의 얼굴을 바라보았다. 나는 그가 가장 좋아하는 감자칩 커다란 백 하나와 오렌지 8개 정도를 작은 문으로 넘겨주었다. 얼마 후에 휠체어에 앉은 그가 혼자서 휠체어를 밀면서 백지장 같은 얼굴에 환한 미소를 띠며 나를 만나러 유리문 앞으로 나왔다.

글을 써서 이야기하던 중 그가 물었다.

"레지나 내가 죽으면 어디로 갈까? 천국이 있다는데 내가 천국을 갈 수 있을까?"

그러고는 혼자서 대답을 한다.

"아니야! 나는 너무나 나쁘게 살아와서 천국엔 못 갈 거야, 그렇지?"

그는 열세 살부터 일흔 살이 된 지금까지 감옥을 들락날락했기 때문이라며 자신의 삶을 얘기했다. 글로 얘기 중이라 더 자세히 쓰지 못했다. 그래서 이곳에 상주하고 있는 원목에게 특별히 부탁해야겠다고 생각했다. 가야 할 시간이 되니 언제 다시 오냐고 묻는다.

여기를 가도, 저기를 가도 외롭고 힘든 사람들이니 아무리 부지런을 떨어도 팬데믹 때문에 시간과 공간이 제한되어 쉬운 일이 아니다. 그를 만나고 돌아오면서 어떻게 해야 이 사람들이 덜 외롭게 지낼 수 있을까, 라는 걱정에 생각이 많아졌다.

BLM[2]

바이러스로 세상이 무서운 상황이지만, 이렇게 어려운 상황이라도 이번 프로테스트 행진에 꼭 참여해야겠다고 생각하고 며칠 전부터 피켓 제작에 들어갔다. 우선 마켓에서 컬러풀한 두꺼운 용지를 서너 장 구입했다. 이왕이면 눈에 띄는 형광 노란색과 핑크색 그리고 녹색과 검정색 종이를 구입하니 4불 정도가 들었다. 마켓 안 모든 사람들이 다양한 마스크를 착용하고 있었다.

집에 돌아와 컴퓨터를 열어 글씨를 도안하고 프린트해서 글씨들을 가위로 오려냈다. 신문지 두 장 겹친 사이즈의 두꺼운 종이에 형형색색의 글씨를 붙였다.

"NO Justice, NO Peace(정의가 없으면 평화도 없다)."

------

2) Black Lives Matter(BLM, 블랙 라이브즈 메터). "흑인 생명도 소중하다." 2012년 미국, '조지 짐머만'이라는 히스패닉계 미국인 성인남성이 '트레이본 마틴'이라는 미국 흑인 청소년을 살해한 사건으로 인해 2013년 소셜미디어에 '#Black Lives Matter'를 사용하면서 시작된 사회 운동. 이후 흑인 범죄자에 대한 체포 과정에서 백인 경찰의 과잉 진압에 대해 주로 항의하는 사회 운동이다.

피켓을 몇 장 만들었다. 그리고는 몇몇 단체에 전화를 걸어 다음 주 토요일에 함께 참여할 수 있는지를 물었다. 그러나 모든 분이 현재 상태 때문에 불안해서 밖으로 나가기도 힘든 상황이라 참여하기 힘들다고 했다.

전화 돌리기를 마치고 고민이 되었다. 이렇게 만들어 놓은 피켓을 어디에다 쓸꼬, 생각하다가 중국인 친구들이 일하고 있는 비영리단체에 전화를 걸었다. 친구는 다행히 자신도 준비하고 있다며 기꺼이 참여할 것이라고 했다. 그날 소말리아 단체, 에티오피아, 이란, 캄보디아 단체, 킹 카운티와 스노호미쉬 단체에 있는 몇몇 소수민족 단체에서도 이번 행진에 함께 참여한다는 소식을 접하고 참으로 고마운 마음이 들었다.

토요일이 되었다. 창밖을 보니 빗방울이 쏟아지고 있었다. 나는 몇몇 동료들과 함께 준비물을 챙기고 이른 점심을 먹고는 시위대가 모이기로 한 캐피탈힐로 향하였다. 예상대로 다운타운 지역은 이미 교통이 복잡하였다. 친구들과 나는 캐피탈힐 근처까지만 운전하고 가서 차를 주차한 후 젠킨스 공원까지 걸어가는데 별안간 빗줄기가 거세졌다. 우산이 뒤집어지기도 했지만, 우리 일행은 즐거운 마음으로 젠킨스 공원에 도착하였다. 젠킨스 공원에는 이미 각 나라 단체들이 와서 텐트 지붕을 세우며 물과 간식거리를 준비해놓고 침묵시위에 동참하는 이들에게 서빙하고 있었다. 세이프웨이 마켓이나 몇몇 식품회사에서는 에너지바나 사탕, 음료수 등을 일인용 봉지에 담아

시위대에게 나누어주었다. 다른 코너에서는 머리에 뒤집어쓰는 비닐백을 나누어주기도 하고, 어느 피자 회사에서는 막 구운 김이 모락모락 나는 피자를 시위에 참여하려는 사람들에게 나누어주었다. 마치 많은 사람이 무슨 피크닉에 참여한 것 같은 광경이었다. 주최 측에서는 마스크 착용과 사회적 거리 두기를 강조하는 방송을 계속했다.

시위대가 1시에 모이고 준비 과정이 끝나자, 시위 장소인 젠킨스 공원을 떠나 잭슨 공원으로 행진하는 2마일 정도의 길에 거의 6만여 명이 참여한 행진 행렬이 이어졌다. 이들 모두 묵묵히 행진했다. 어떤 이는 비를 맞으며, 어떤 이들은 우산을 쓰고, 어떤 젊은 부부는 아이를 이불에 둘둘 싸매어 유모차에 태워 끌고 나왔다. 백인 노인들 몇몇 분들은 행진하는 거리 중간쯤에서 시위대에게 따뜻한 물을 권하기도 했는데, 이러한 모습이 우리 시위대의 마음을 뭉클하게 했다.

이번 시위의 불을 일으킨 조지 플로이드는 영웅이 아니었다. 물론 조지 플로이드는 평범하게 살다간 시민이 아니라 인생길에서 남들보다 더 어렵게 살다간 사람이다. 범법자였으며, 이번 사건도 20달러 위조지폐를 사용하다 들켜 경찰이 개입하게 되었고, 조지 플로이드를 검거하는 과정에 일어났다. 그렇지만 중요한 것은 범법자라 할지라도 검거과정에 무력으로 죽어야 할 이유는 분명히 없다는 것이다.

조지 플로이드가 잘못을 저질렀기 때문에 일어난 일이라고 말하는 분들도 있으리라 생각한다. 그러나 법을 안 지켰을 경우라도 자신을 지킬 수 있도록 해주어야 하는 것이 경찰과 우리 모두의 책임이다. 경찰이 이미 수갑을 차고 무방비 상태였던 그의 목을 무릎으로 누르고 있었다면, 그래서 죽음에 이른 것이라면, 이것은 정상적인 체포과정이 아니다. 어떠한 이유든 사람이 죽어야 하는 경우를 개인이 정해서는 안 된다. 잘못한 사람을 체포하여 정당하게 경찰서로 호송해갔다면 이런 문제가 생기지 않았을 것이다.

이번 사건을 통해 우리가 살아가면서 얼마나 조심스럽게 행동해야 하는지에 대해 다시 한번 생각해보게 되었다. 또 소수민족인 우리가 미국에서 조금 더 편안하게 살아갈 수 있는 이유 중 하나가 아프리계 미국인들이 들고 일어나 시위하고 싸워낸 덕택이진 않을까, 하는 생각이 들었다.

냉면과 녹두전

지난겨울 항아리 하나를 구입해 동치미를 담가 뒷마당 그늘 진 곳 깊숙이 묻어두었다. 비가 자주 내리는 시애틀에서 비를 피하는 일은 어렵지만, 김칫독을 묻고는 김칫독 위에 자그마한 지붕을 만들어서 비를 피하게 하고 겨우내 동치미를 꺼내어 밑 반찬을 만들어 먹었다. 겨울이 지나고 봄도 훌쩍 지나 어느새 한여름 7월이었는데도 김칫독의 동치미는 아직도 신선한 맛을 유지하고 있었다. 나는 동치미 국물에다가 소고기를 맑게 우 려낸 국물을 섞어 육수를 만들어 작은 병에 옮겨 담아 냉동고 에 몇 병을 얼려놓았다. 육수를 미리 만들어 놓았으니, 언제든 냉면이 먹고 싶을 때 면만 삶으면 된다.

한동안 냉면을 먹을 때마다 가슴이 먹먹해지며 먹는 게 힘 들었다. 시카고에서 학교에 다닐 때 우리 집 근처에 사시던 할 머님 생각 때문이었다. 할머님은 이북 평양에서 내려오신 분인 데, 이북에서 딸 하나만 데리고 남하하셔서 항상 이북에 남은 나머지 자식들과 남편을 걱정하셨다. 남북이 분단되고 세월이 가는데, 할머니는 딸자식과 함께 살아가기 위하여 냉면집을 여셨다. 서울 한복판에 자리 잡았던 할머니의 냉면집은 번창하였다. 딸이 결혼하여 미국으로 이민간 후에도 할머니는 한참이나 냉면집을 운영하시다 따님과 함께 살기 위해 딸 가족이 있는 시카고로 오셨다. 할머님은 마음이 아주 너그러우시고 손이 크셔서 음식을 한번 하면 이웃에 사는 한국 사람들을 불러다 배가 부르게 음식을 차려주셨다.

할머님의 냉면은 예전 우리 엄마가 만드시던 멸치육수와는 다른 맛이었다. 인공조미료를 전혀 쓰지 않고 냉면 육수에 약초도 넣고 오랫동안 끓여내셨다는데, 정말 담백하고 맛이 있었다. 할머님이 냉면을 만드는 날에는 한국에서 가져오신 맷돌로 불려놓은 녹두를 갈아 녹두전도 만들어주셨다. 녹두전을 입에 넣으면 그 고소한 맛에 손을 놓을 수 없었다.

할머님의 냉면 육수 맛은 정말 예술이었다. 할머니가 냉면과 녹두전을 만드는 날에 나는 되도록이면 공부를 빨리 마치고 볼일도 빨리 정리하고 할머님이 음식 만드시는 것을 지켜보곤 했다. 미리 만들어놓은 육수의 요리법은 알 수 없었지만, 녹두전은 녹두만 물에 불려놓은 상태여서 녹두전 요리법은 알 수 있었다. 내가 가면 불려놓은 녹두를 맷돌로 갈았다. 돼지고기 살코기를 아주 가늘게 채썰고 숙주나물, 배추 데친 것과 양념해 무친 후 갈아놓은 녹두와 버무렸다. 한국에서 가져오셨다는 커다란 번철(무쇠 솥뚜껑)에 콩기름을 듬뿍 붓고는 녹두전을 지져내셨다. 할머님은 구경하고 있는 우리에게 녹두전을 찢어 입에 넣어주셨다. 녹두전과 냉면을 만드시는 날에는 가족도 아닌 나를 불러주셨다. 당시 나는 아침에는 학교에 가고 저녁에는 식당에서 웨이트리스로 일하며 바쁘게 살고 있었다. 할머님의 냉면과 녹두전 그리고 갈비는 나의 시카고 이민 생활을 풍요롭게 해주었다.

할머님에게는 딸 부부 그리고 두 손자와 손녀가 있었는데, 첫째 손자인 원석이는 키가 크고 출중한 외모의 청년이었다. 원석이는 프린스턴에서 공부를 마치고 증권맨이 되어 세계무역센터에 있는 직장을 다녔다. 젊은 나이임에도 증권가에서 실력 좋기로 꽤나 소문이 나있었다. 원석이 아래 원영이는 키가 6피트 3인치(약 190센티미터) 정도 되는 훤칠한 청년이었는데, 위스컨신주립대학을 마치고 직장을 찾던 중에 형이 뉴욕에 와서 일할 것을 권유해 뉴욕으로 와 형과 같은 쌍둥이빌딩의 직장에서 일하게 되었다.

우리 가족은 시애틀로 이사 오고도 할머님 가족들하고는 가끔 전화하며 안부도 묻고 서로를 염려해주고 축하해주며 인연을 이어갔다. 어느 날 직원들 수련회가 있어서 남쪽으로 차를 몰고 가는데 차 안의 방송에서 쌍둥이건물이 빈라덴이 이끄는 무장조직에 의해 폭파되었다는 뉴스가 흘러나왔다. 다음날 수련회를 마치고 집으로 와서는 할머님댁으로 전화를 드리니 아무리 전화를 해도 계속 통화 중이었다. 며칠 후 겨우 통화가 되었는데, 할머님의 따님은 말을 하지도 못 하고 계속 울기만 하셨다. 원영이를 잃어버리고 원영이 엄마는 실어증에 걸리고, 큰아들인 원석이는 원영이를 뉴욕으로 불러들인 것을 후회하며 괴로워하고 울며 지냈다. 평소 건강하셔서 따님댁 살림을 도맡아 해주시던 할머님은 원영이가 그렇게 죽고 난 한 달 후 세상을 뜨셨다. 그날 이후 나는 냉면이 맛이 없었다. 냉면을 먹을 수 없었다.

보고 싶은 천상여자 레이끼

"하이, 레이끼. 오늘 밝은색 옷을 입어서 더 환해 보이네!"

"와우! 그 신발 너무 편하겠다. 어디서 산 거야? 네가 신으니까 더 멋지다!"

나는 그를 만날 때마다 무조건 좋은 말을 해주었다. 그렇지만 그는 언제나 묵묵부답이었다. 어느 날 나는 시간을 내어 좀 더 자세히 그의 인테이크(초기면접) 인터뷰를 읽어보았다. 열네 장 안에는 그가 살아온 이야기가 모조리 기록되어 있었다.

그는 현재 마흔아홉 살이었다. 온두라스 태생이었고, 온두라스 내전 때 남편과 네 아이가 반란군 총에 죽었다. 겨우 살아남아 온두라스 피란민들과 섞이어 여기저기 도망 다니는 동안 육체적으로도 정신적으로 지쳐있던 그는 그만 정신줄을 놓아버렸다. 그리고는 총소리가 난무하는 온두라스 이곳저곳을 미친 사람처럼 돌아다니다 9년째 되던 해에 적십자유엔군에 발견되었다. 2년간 난민촌에서 갈 곳을 기다리다 부시 정부 때 난민을 받아주는 로터리에 당첨되어 미국으로 오게 되었다.

플로리다에서 살던 9개월간의 기록에는 그가 어릴 적 너무 나도 가난하고 배고프게 살아왔다는 사실과 온두라스 내전이 나면서 온 가족이 죽고 혼자만 살아남게 되었다고 기록되어 있었다. 그 더운 온두라스에서 죽은 막내아이를 14일 동안 가슴에 품고 다녔다는 그의 이야기에 나도 모르게 가슴이 미어지며 눈물이 흘렀다. 그의 기록을 다 읽고 난 후에 나는 스스로 약속을 했다. 내가 할 수 있는 만큼보다도 더 열심히 그를 행복하게 만들어주자고!

매주 그룹홈으로 그를 만나러 갈 때마다 나는 그에게 칭찬과 부드러운 사랑의 말을 해주기 시작했다. 까맣다 못해 새까만 피부를 가진 그는 고개를 푹 수그린 채 내가 기다리고 있는 상담실로 들어왔다. 나는 가장 부드럽고 따뜻한 목소리로 그를 불렀다. 별다른 대꾸와 반응도 없었지만, 지치지 않고 이쁜 말, 좋은 말로 레이끼에게 얘기를 해주었다.

레이끼가 언젠가는 우리 사무실 그룹홈 세탁부에서 봉사를 하겠다고 했다. "레이끼, 네가 세탁해놓은 이불들을 많은 사람이 덮으며 감사해 할 것"이라고 말해주었더니, 그때 레이끼의 얼굴에 미소가 슬며시 피어나는 것을 볼 수 있었다.

나와의 만남이 9개월이 되어가던 중이었다. 조용한 레이끼는 이제 내가 "하이!"라고 인사하면 눈웃음과 함께 아주 작은 목소리로 "하이" 인사를 건넨다. 기분이 좋으면 "레지나 굿모닝!"이라고 대답하여 나를 놀라게 하기도 했다. 내가 화들짝 놀라며 기쁜 표정을 지으면, 레이끼는 그 모습이 우스운지 슬며시 입을 가리고 웃는다.

레이끼를 처음 만나자마자 나는 레이끼가 앞으로 살아가는 데 필요한 정부 보조금 베네핏(복지수당)을 신청하였고, 벌써 2년째 결과를 기다리고 있었다. 레이끼의 웰페어 신청이 세 차례나 기각되었고, 또다시 서류 구비해서 신청했다.

드디어 지난 5월 주정부에서 나에게로 편지가 하나 배달되었다. 베네핏 수혜자의 이름을 보니 레이끼였다. 떨리는 가슴을 진정하며 편지봉투 열어보니 "축하합니다! 당신의 베네핏이 결정되었습니다"라는 메시지가 들어 있었다. 이제 레이끼가 생활비를 받을 수 있게 되었다며 직원들과 함께 기뻐했다. 레이끼에게 이 사실을 알리고 우리 사무실은 레이끼의 페이가 되었다(정부가 페이에게 돈을 지불하면, 이 돈을 매달 4주로 나누어 고객들에게 필요한 방값과 식사대 그리고 필요한 돈을 지불한다).

현재 살고 있는 그룹홈은 매달 300불을 내야 하는데, 레이끼는 그동안 무료로 살고 있었다. 레이끼에게 지급되는 생활비 중 매달 방값 300불, 메디케어에서 커버 안 되는 정신질환 약 40불을 지불하고, 남은 400여 불의 돈을 4주로 나누어서 생활하게 된다. 그런데 이번 베네핏 신청이 승소하면서 2년 동안 못 받은 돈 1만8천 달러가 한꺼번에 나왔다. 레이끼하고 나는 머리를 맞대고 이 돈을 어떻게 쓸 것인가 계획을 세우면서 기뻐했다. 우선 레이끼가 덮고 자는 이불을 사주고 싶었다. 월요일에 레이끼를 만나서 레이끼에게 필요한 물건들을 함께 사러 가야지, 하고 계획을 세웠다.

월요일에 사무실로 나가 아침 직원회의를 마치고 전화에 담긴 보이스메일을 열어보는데, 하버뷰 병원에서 메디컬 검시관이 메시지를 남겨놓았다. 레이끼가 세상을 떠났다고 했다. 나의 울부짖음 섞인 통화 소리를 듣고 직장동료 20여 명이 나를 둘러쌌다. 울고 있는 나를 안타까운 눈빛으로 바라보고 있었다. 울어도 울어도 가슴이 아팠다.

"아! 어떻게 해? 레이끼 불쌍해서 어떡해…."

오늘 하루 만난 고객들

오늘 만난 우리 고객들에 대해 한번 이야기를 해보고 싶다.

아침 일찍부터 약물중독치료 장기요양 프로그램에 들어가는 A(시애틀의 왕깡패라고 칭한다)를 야끼마에 있는 장기요양 그룹홈으로 보냈다.

그러고 나니 D가 다음 주가 자기의 생일이니 매주 받는 돈 중에서 100불을 더 찾아달라고 했다. D는 다리가 한쪽밖에 없어서 겨드랑이 양쪽에 목발을 짚고 다니는데, 목욕을 1년에 한두 번 할까말까 한다. 믿기지 않겠지만 이 고객은 목욕해야 할 이유를 알지 못한다.

그다음으로 몸이 300파운드(약 136kg)나 나가는 망상증 환자인 C를 만났다. C는 한여름에도 겨울 털 부츠를 신고 다녀서 내가 "여름 슬리퍼 사줄게, 신발 바꿀래?"라고 물어보면 절대로 아니란다. 항상 같은 옷만 입고 다니지만, 인사성이 아주 밝아서 나를 만나면 나에게 잘 있었는지, 무엇을 먹었는지, 힘든 것은 없는지를 묻고 난 후 이야기를 시작한다.

J는 젊었을 때 해군으로 근무를 하면서 세계 곳곳에 안 가본 나라가 없다. 내가 한국 사람인 것을 알고 난 후 만나기만 하면 40년 전 부산에 머물렀던 이야기를 한다. 다른 이야기를 하려고 "그래 이젠 그 얘기 고만하지?"라고 말하면 삐쳐서 내가 묻는 말에 대답도 안 한다.

다음엔 M이다. 키가 6피트(약 183㎝)가 넘고 몸무게가 200파운드(약 90㎏) 넘어가는 M은 예의가 바르다. 내 차가 저만치에서 보이면 자기 아파트 입구에서 부동자세로 거수경례를 하고 나를 기다린다. 왜 그러냐고 물으면 레지나는 자기를 도와주는 위대한 사람이란다. M 역시 망상 증세인데 약을 제대로 복용해서인지 과한 행동은 그리 많지가 않다.

아프리카계 미국인 여자 H는 얼굴에도 팔에도 검은 털이 수북하다. 나는 H에게 언제 샤워했느냐 묻기도 하고, 필요한 옷을 구입해 주겠다고 한다. 그러면 자기 옷은 저기 높은 곳에 걸어놓아서 찾아 입으면 된단다. 저기 높은 곳이 어디냐고 물으니 손가락으로 하늘을 가리킨다. H는 터번 같은 것을 머리에 항상 두르고 있는데, 다른 고객 말로는 H가 매주 받는 돈을 그 터번 안쪽에 넣고 둘둘 말고 있는 것이란다.

Y는 내게는 '아픈 손가락'과 같다. 내 고객이 된 지 오랜 시간이 지났는데, 2년 전부터 같은 옷을 입고 있다.

러시안계 미국인 T는 수염을 길게 기르고 멋진 와이셔츠에 긴 코르덴 바지를 입고 나타났다. T가 주머니에서 지갑을 꺼내는

려는데, 온갖 서류와 종이들로 꽉 찬 지갑이 주머니에서 나오지 않는다. 땀을 뻘뻘 흘리며 지갑을 꺼내는 데만 20여 분을 기다려야 한다. 요즈음은 멋쟁이 T도 조금씩 지저분한 모습이 보인다. 아무래도 다음 주엔 정신과 의사와 상담을 잡아야겠다.

파키스탄 여자인 B는 자기 방의 물에서 벌레가 나온다며 물이 마시고 싶으면 꼭 아래층 프런트데스크로 내려와 물을 달라고 한단다. B에게는 가족이 없는지 이 그룹홈에 머무르는 몇 년간 아무도 찾아온 이가 없다. 망상환자라 약을 먹는데 비교적 순하지만, 한번 화나면 헐크보다도 힘이 세다.

G는 아이스크림을 좋아해서 하루에 아이스크림 16온스를 매일 먹는다. 옷차림은 기가 막힐 정도로 더러운데, 목욕은 언제 한 것인지 냄새 또한 숨이 막힐 것 같다.

인도 계통 P는 여자인데 키가 크고 체격도 아주 좋고 얼굴도 밝다.

오늘 하루 안에 만난 고객들이다. 다들 정신적인 어려움과 중독증을 갖고 있다. 오랜 만남을 통해 이들을 이해하고 도우면서 힘들다고 생각하지 않았는데, 요즈음은 나도 조금 지쳤던 것 같다. 팬데믹 상태에서 모든 것이 제한되다 보니 동료직원들과 앉아 깊은 얘기를 나누는 것도 쉽지 않다.

어떤 이는 자기만의 인생을 살아가기도 하고 어떤 이는 남의 인생도 함께하면서 살아가기도 하는데, 나는 거의 30여 년간 수많은 이들의 삶 속에 자그마한 끈이라도 되어 붙잡아주고 끌어주며 함께 아파하기도 하고 함께 기뻐하기도 했다. 그렇게 일하는 내 직업이 피곤하다고만은 말할 수 없다. 피곤하고 힘들기는 해도 남의 생을 함께 살아가는 내 직업이야말로 엄청난 축복의 장이 아닐까.

그래도 감사합니다

벌써 몇 주째 감기몸살로 고생하고 있다. 처음엔 그저 목이 잠기고 조금 신경이 쓰일 정도였는데, 며칠 동안 머리가 아프면서 가슴이 답답해지고 숨을 제대로 쉴 수 없게 코가 막히면서 드디어 몸에 열이 오르기 시작했다. 검사를 해보니 코로나는 아니라고 한다.

10월은 연말결산을 앞두고 있어 일이 엄청 많다. 그리고 우리가 하는 일이 어렵다 보니 직원 이직률도 매우 높은 편이다. 대학원을 졸업한 친구들이 일단 호기심과 관심으로 입사하여 심한 중독자들, 홈리스, 정신질환을 가진 사람들하고 일을 하다보면 금방 지쳐 한두 달, 최장 6개월 정도 되면 언제 떠났는지도 모르게 그만둬버린다. 사람이 난 자리, 우리같이 오랫동안 자리를 지키며 일을 하는 고참들에게는 그야말로 일복이 터진다. 새로운 직원을 뽑아야 하는데 워낙에 일이 어렵다보니 지원자도 별로 많지 않다. 일단 들어와서도 견디지 못하고 떠나버리니까 새로운 카운슬러를 고용하는 일이 우리 사무실에는 커다란 문제이다. 자격은 높고 일은 어렵고 일에 비해 받는 연봉은 별로 마음에 안 드니까, 요즘같은 상황에서 우리의 일은 사명감이 없으면 감당하기 어렵다.

우리의 일은 사무실에 앉아서 오는 고객을 받고 상담만 하는 것이 아니라, 한 사람 한 사람 상담과 케이스 매니징(케이스 매니징이라는 이야기는 한 사람이 살아가는데 필요한 일들을 함께 해나가야 하는 일이다)을 함께해야 하기에 쉬운 일이 아니다. 병원에는 잘 다니는지, 먹는 약은 제대로 복용하는지, 음식은 제대로 먹는지, 잘 곳은 준비가 되어있는지, 정신적인 고통은 없는지, 나라에서 받는 베네핏은 제대로 오는지, 병원비 밀린 것은 없는지, 옷은 제대로 입고 다니는지, 잠은 제대로 자는지 등 한사람이 살아가는 데 필요한 그 모든 것을 상담과 함께 살펴봐야 하니 일이 보통 많은 게 아니다.

보통 한 사람의 카운슬러에게 40여 케이스가 주어지는데, 직원 한 사람이 이직하게 되면 그 일을 남아있는 카운슬러들이 나누어서 돌보아야 하기 때문에 일이 차고 넘친다. 요즈음은 직원 한 사람당 50케이스들이 맡겨진 상태이다.

우리가 만나는 고객은 보통 사람들이 아니다. 약물중독자들이거나 정신적인 문제를 갖고 있는 이들이기에 쉬운 일은 거의 없다. 석 달 전에 직원 중에 젊은 층 네 명이 비슷한 시기에 그만두었다. 아직까지 일하고 있는 친구들을 보면 정말 천사들 같다. 그들이 갖고 있는 학위와 실력을 가지고 더 편한 일도 얼마든지 할 수 있음에도, 여전히 남아있는 내 동료들은 거의 10년 이상 함께 일하고 있다.

나 역시 벌써 홈리스 가족들하고 일한 지가 꽤나 오래되었다. 어떻게 아직도 이 일을 하느냐고 물어오면 딱히 대답할 말이 없다. 물론 나도 좀 더 편한 곳에서 오라는 초청을 몇 번 받았다. 그러나 그 일들은 누구나 할 수 있기에 다른 사람이 해도 되지만, 우리가 하는 일들은 우리가, 아니 내가 해야 하기 때문에 아직도 이 일을 하고 있다.

매일 벌어지는 일들이 그야말로 가관이다. 아침에 로비에 내려가 보면 머리에 등잔의 전구를 빼고 갓만 쓰고 온 사람, 얼굴에 치약을 바르고 와서 떡하니 앉아있는 사람, 머리카락이 떡이 될 정도로 뭉개져도 얼굴에 온갖 화장품으로 무지개 칠하고 들어오는 사람 등. 우리가 만나는 사람들은 그야말로 천의 모습을 가진 사람들이다. 물론 이들 중에는 치료약을 먹으면 정상적인 사람들하고 비슷하게 생활할 수 있는 사람도 있지만, 그런 부류는 거의 10분의 2정도이다.

오늘도 낮 1시 즈음 컴퓨터에 이상이 생겨 내부 일을 하지 못하고 아웃리치(구호활동)를 나섰다. 어젯밤 새벽 1시에 시애틀 다운타운을 헤매다가 순찰차에 발견되어 다시 그룹홈으로 돌아온 나의 고객을 찾아가 보았다. 연세가 많은 한국 분인데, 전에도 한번 이분이 실종되어 밤새 잠을 이루지 못했다. 다행히도 그다음 날 오버레이크 병원에 입원해있는 이분을 찾아내어 가

숨을 쓸어내렸다. 오늘 낮에 이분을 찾아가보니 그룹홈 자기 방에서 밤새 못잔 잠을 자고 계신 듯했다. 달게 주무시는 이분을 들여다보고는 이곳에 있는 카운슬러에게 지난번 내가 만들어드린 이름표를 꼭 목에 걸게 해달라고 부탁하고 돌아섰다. 그때 저만치에서 내 고객 ○○이 비척거리며 걸어오는 게 보인다.

가까이 와서야 나를 발견한 ○○은 나에게 돈을 달란다. "뭘할 건데?" 물으니 에버렛에 있는 엄마를 만나러 간단다. 나는 비척거리는 ○○에게 사무실로 오면 버스표를 줄 거라고 말하며 사무실로 왔다. 사무실 로비에 들어서니 우리 사무실 근처 오래된 아파트에 일 년 동안 임시로 살게 해 준 존이 기다리고 있다가 나를 보더니 반가워한다. 그런데 피곤하여 별로 반갑지가 않다. 이처럼 일은 힘들다. 그래도 이 일을 하는 것은, 관계의 소중함 때문인 듯하다. 어쩌면 나는 인생길에서 나와 내 가족과의 관계로만 살아갈 것이었는데, 이 많은 사람의 인생에 관여하고 도움을 주고, 이들의 아픔에 함께 아파하고 이들과 함께 기뻐할 수 있는 특권을 누리게 된 것 아닐까 생각한다. 이것을 어떠한 감사로 표현할 수 있을까?

더 많이 사랑하자!

얼마 전 인터넷 기사를 보면서 한참 눈물을 흘렸다. 한 청년과 순찰경관이 서로 부둥켜안고 말없이 눈물을 흘리는 사진이었다. 이야기인즉 이러했다.

어느 젊은 청년이 정신과 치료를 마치고 고속도로를 따라서 운전을 하고 가는 중인데 저만치 뒤에서 고속도로 순찰차가 따라오더니 이 청년의 차를 세운 것이다. 청년은 자기가 과속하지 않은 것 같다고 생각하면서도, 순찰차가 따라오니 길가에 차를 멈추고 경찰을 기다렸다. 나이가 지긋한 순찰경관이 이 청년에게 가까이 오더니 혹시 군대 다녀왔느냐고 물었고 청년은 제대했다고 답했다. "그런데, 제가 군대를 다녀온 것을 어떻게 아셨는지요?"라고 청년이 묻자 경관은 잠시 말을 못하더니 "아! 내가 당신의 차를 세운 것은 당신이 과속해서가 아니고, 차 뒤에 붙어있는 파병군인 마크 때문입니다. 당신은 군대를 어디로 갔었습니까?"하고 되물었다. 청년이 자기는 아프가니스탄 ○○○지역에서 2년 6개월간 근무하고 제대했는데, 전쟁통에 얻은 충격으로 정신과 치료를 마치고 집으로 가는 중이라고 설명했다. 경관은 별안간 청년에게 거수경례를 하며 "아하, 그랬군요! 나라를 위해서 싸워준 당신을 존경합니다"라고 말하더니 "우리 아들도 같은 부대에 있었겠네요"라고 덧붙였다. 그러더니 경관이 두 팔을 벌리며 "괜찮다면, 당신을 안아봐도 되겠습니까?" 하고 물었다. 청년은 의아했지만, 경관의 눈빛이 너무나 간절하여 차에서 내려 그의 품에 안겼다. 경관은 청년의 어깨를 감싸 안으며 "젊은 청년을 보니 내 아들이 생각이 나서…. 내 아들도 아프가니스탄에 갔었는데 돌아오지를 못했구려!" 하며 눈시울을 적셨다.

죽음은 피해갈 수 없다. 부자도, 가난한 이도, 나쁜 마음을 가진 사람도, 고운 마음을 가진 사람에게도 꼭 오는 일이다.

내가 아직도 힘들어하는 죽음들이 있다. 몇 년 전 나의 사랑하는 두 오빠가 같은 주중에 돌아가셨는데, 한 분은 목요일에 또 한 분은 토요일에 돌아가셨다. 두 분 다 암으로 고생을 하다가 돌아가셨다. 어떻게 두 분이 3일 차로 돌아가시는 일이 있을 수 있을까! 지금도 아침에 출근하면서 520번 다리를 건널 때면 그 넓은 하늘에 나의 사랑하는 오빠 두 분이 보인다. 아직도 가을이 되면 오빠들 생각에 눈물이 앞을 가리고 가슴 가운데가 너무나 아프고 아리다.

또 기억에 남는 죽음은 일을 하면서 맞닥뜨렸다. 그날도 평범하게 일을 하다가 3주째 나를 방문하지 않은 내 고객, 조현병 환자 ○○을 만나러 갔다. ○○은 매디슨에 있는 구건물(1921년도에 세워진 건물)에 임시로 세 들어 살고 있었다. 이 고객은 전화기를 몇 번이나 신청해서 만들어주었는데도 자주 잃어버렸다. 또 사람들하고 잘 어울리지 못해 이 아파트에 들어가서도 매니저와 이웃들에게 별로 좋은 평을 듣지 못했다. ○○은 매달 우리 사무실로 찾아와서 한 달에 한 번씩 주사를 맞고 치료를 받아야 하고, 담당 카운슬러를 매주 만나야 했지만, 3주째 나를 방문하지 않고 있었다.

버스를 타고 그의 아파트에 갔지만, 인기척이 없어 메모를 남기고 왔다. 그리고 3일이 지나도 연락이 없어서 비가 억수같이 쏟아지는 날, 버스를 타고 9가에서 매디슨으로 걸어갔다. 걸어가는 동안 튼튼한 우산이 세 번이나 뒤집히면서 갈 길을 막았다. 거센 비바람에 내 겉옷은 거의 다 젖어서 몹시도 추운 그런 날이었다. 겨우 이 고객이 사는 아파트에 도착하여 문을 두드리니 또 대답이 없다. 다시 아래층으로 내려와 매니저와 아파트 관리인과 셋이서 이 고객이 사는 아파트의 방문을 여는 순간 우리 세 사람은 거의 미친 사람처럼 소리를 질러댔다. 내가 만나려고 몇 번을 다녀갔던 내 고객 ○○이 머리가 다 터진 참혹한 모습으로 죽어 있었던 것이다.

이날 나는 충격으로 잠시(6개월간) 회사를 쉬었다. 회사에 병가를 내고 정신과 의사를 만나 상담을 받았다. 많은 시간이 흘렀어도 아직도 눈을 감으면 그 광경 그대로 생각이 나 괴롭다.

아는 분 아들이 아프가니스탄 전쟁에 다녀와서 가끔 자다가 벌떡 일어나 헛소리를 한다고 한다. 나는 그분의 아들을 위하여 내 시간을 열어놓았다. 그리고는 그 아들을 가끔 만난다. 전쟁 중에 받은 상처를 위로해주고 그 청년이 정상적인 삶으로 돌아오기를 고대한다. 내가 갖고 있는 모든 것을 동원하여 마음을 안정시켜보려고 노력을 해본다.

네 편이야!

감옥 문 앞에 도착하니 모든 창문이란 창문은 다 판때기로 막아놓아 어디가 들어가는 문인지 창문인지 헷갈린다. 내 고객은 감옥에 있는 3일 동안 무척 힘들었던 듯 얼굴이 부스스했다. 평소에 먹던 약도 먹을 수 없었던 듯 눈이 충혈되어 있었다. 겁에 질린 듯한 얼굴로 나를 보더니 울먹이며 말한다. 자신은 잘못한 게 없다고. 물론 나는 여기에 오기 전 감옥 소셜워커가 보낸 이메일과 전화 통화를 통해 어떤 사유로 내 고객이 감옥에 들어가게 되었는지 알고 있었으나 다시 한번 확인해볼 겸 물어보았다.

내 고객 ○○이 상황을 설명하는데, 자기가 살고 있는 그룹홈에서 자기가 맡겨둔 후드 스탬프카드를 달라고 하니까 새로 들어온 케이스 매니저 한 명이 후드 스탬프를 창구 창문(팬데믹 때문에 달아놓은 칸막이 창문)으로 곱게 주지 않고 창문 넘어 휙 던져주더라는 것이다. 후드 스탬프가 바닥에 떨어졌고 기분이 나빠 왜 던지냐고 항의하니 케이스 매니저가 밖으로 나와서는 갖기

싫으면 그만두라며 후드 스탬프를 빼앗아 갔다고 했다. ○○이 화가 나서 손을 들어 올리려는데 안에 있던 다른 매니저가 이미 911을 불러 3분 만에 경찰관 두 명이 와서 자기에게는 이유를 물어보지도 않고 그냥 연행해왔다는 것이다.

큰 체격의 아프리카계 미국인○○은 나와 7년을 만나고 있는데, 페레노이라 망상증 환자이기는 하지만 매달 인젝션을 맞고(주사를 맞고 약도 아침저녁으로 복용하기 때문에 거의 정상적인 생활을 하고 있었다) 그동안 남에게 해를 끼친 적이 한 번도 없었다. 나는 ○○에게 어떤 상황에서도 네가 손을 들어 올린 것은 잘못한 거라고 이야기하면서, 다음부터는 화가 나면 숨을 고르고 방으로 가서 잠시 있다가 나에게 전화하라고 했다. ○○은 순순히 앞으로는 그렇게 하겠단다.

○○은 매주 나를 방문한다. 그리고는 30분 내지 45분간 일주일 동안의 일들을 다 얘기하는데, 약을 제대로 복용해도 가끔 약간 이상한 말들을 하기는 하지만 상냥하고 다정한 마음씨를 가진 사람이다. 망상증이 있어 매달 자기의 생일이라고 떼를 써서 먹고 싶은 케이크를 자주 사달라고 하지만, 그 외에는 별 이상이 없는 고객이었다.

감옥에서 면담을 마치고 돌아가려는데, ○○이 나를 불러 세우더니 눈에 눈물이 그득한 채 "레지나, 나 이제 어디에서 살아야 하지?"라고 묻는다. 나는 발길을 돌려 다시 면담실로 들어갔다. 일어서려는 내 고객에게 다시 앉아보라고 한 후에 누군가 내게 그런 행동을 했다면 나도 화가 났을 것이라고 다독였다. 그렇더라도 손을 올려 때리려는 행동을 취하거나 몸을 다치게 하는 건 절대 안 된다고 다시 한번 일렀다. 그룹홈으로 돌아가서 만일 하우징 케이스 매니저들이 너에게 불이익을 준다면 서슴지 말고 내게 말해주라고 덧붙였다. ○○은 그래도 안심이 안 되는지, '그럼 자기가 풀려나면 함께 그곳에 가줄 수 있느냐'고 물었다. 나는 돌아서서 웃는 얼굴로 "그럼 당연하지! 함께 가줄 거야!"라며 엄지손가락을 치켜올렸다.

감옥에 있는 소셜워커인 크리스킨이 이메일도 보내주고 전화 메시지도 남겨놓았다. 나는 크리스킨에게 수고해주어서 정말 고맙다고 얘기한 후, 우리 고객이 풀려나면 꼭 내 사무실로 보내달라고 부탁했다. ○○의 일을 기록으로 남기면서 시애틀 경찰관들의 지나친, 아니 편향된 판단과 결정에 대해서도 언급했다. 홈리스라고, 정신문제가 있는 사람들이라고 본인의 이야기를 들어보지도 않고 연행해가는 것은 지나친 행동과 결정이었다고 적었다.

우리 직원들은 매일 아침 30분씩 하는 일들에 대하여 브리핑을 하는데, 오늘 아침엔 내가 내 고객 사건을 주제로 한참 열변을 토했다. 우리는 누구에게든 평등하고 공정하게 대해야 한다고, 어렵고 힘든 사람들을 위하여 열심히 일해야 한다고. 우리가 아니면 누가 이들을 대변하고 누가 이들을 도와줄 것이냐고.

레지나 칭칭나네!

출근하면 우선 모든 보이스메일을 체크하고 나서 중요한 순서대로 전화로 답장한다. 우리에게 우선순위는 우리를 만나는 고객들의 신변문제나 몸이 아픈가에 관한 사항들이다. 카운슬러마다 28개의 케이스부터 40여 개 케이스가 할당되어 있는데, 자기가 맡은 고객 중 중증으로 도움이 필요한 고객들이 많으면 할당 케이스가 줄어든다. 왜냐하면, 이들은 더 많은 시간과 관심으로 살펴보고 함께해야 하기 때문이다.

중증 고객들의 경우는 거의 약물에 중독되어서 헤어나오지 못하는 상태이거나 정신적인 지체자들로, 자기 혼자서는 생활이 불편한 고객들이다. 거의 많은 고객이 망상증이나 조울증 아니면 심각한 우울증 등으로 혼자 두어서는 안 되는 상태이다. 우리는 이들을 무조건 도와야 한다는 생각으로, 약물중독이든 정신적인 지체자들이든 간에 이들에게 살아갈 수 있는 집과 옷, 음식 등을 제공한다는 목표를 가지고 최선을 다한다.

지난해 겨울 초에 한국의 두 대학에서 우리 프로그램에 대하여 강의를 해달라는 초청을 받고 한국에 방문하여 우리가 하는 'Harm Reduction' 프로그램에 대해 소개했다. 강의에 참석한 학생들 모두 내가 소개하는 강의내용이 한국에서는 아직도 먼 이야기라며 미국의 장애자 프로그램을 부러워 했다.

Harm Reduction 프로그램은 약물 중독자들의 안전과 대중의 안전을 위해 중독자들에게 먼저 살 곳을 제공하며 먹을 것을 준비해주는 것이다. 이들을 안전한 곳에 보호함으로써 이들이 약에 취해 다치거나 남들에게 행패를 부리고 사고를 치지 않게 미리 예방하는 셈이다.

우리 프로그램에는 14개의 하우징이 있는데, 각 하우징마다 50명 내지 200명까지 수용할 수 있는 방들이 있어서 우리 프로그램에 소속된 고객들은 각자의 방에서 자기들의 삶을 살아간다. 물론 각 하우징에는 하우징 케이스 매니저들이 있어 이들의 안전을 관리해주고 이들끼리 사고가 나지 않게 살핀다. 하우징 부엌의 스태프들은 이들에게 먹을 것을 제공해준다.

나는 정신과 카운슬러로 사무실에서 고객들과 매주 한 번씩 상담을 하며 이들에게 필요한 것들을 살피는데, 가끔(한 달에 한 번꼴) 이들이 살고 있는 아파트를 방문하여 이들의 생활을 살펴본다. 이 부분이 우리에게는 제일 어려운 부분이다. 자기만의 세계에 갇혀있는 이들이 살고 있는 방은 오만가지 형태의 광경들이다.

우리는 가정방문을 할 때 병원에서 사용하는 머리부터 발끝까지 뒤집어쓸 수 있는 방호복으로 중무장을 한다. 신발 위에 덧버선까지 챙겨 신고서 이들의 방들을 방문한다. 일단 청소대행업체에 웃돈을 주고서라도 방을 치운다. 위생적인 면에 앞서 안전성 문제 때문이기도 하다. 문제는 이렇게 청소대행업체들이 치워놓고 나도 3일이면 다시 원상태로 돌아간다는 것이다. 하우징 케이스 매니저들의 고충도 여간 심각한 것이 아니다. 정신질환을 앓고 있는 우리 고객들은 이 상황을 인지하지 못하니 누군가가 자기 물건을 건드린다고 길길이 날뛰기도 한다. 이들을 얌전히 있게 하려면 공권력이 동원되기도 한다.

Harm Reduction 프로그램을 잘 모르는 분들은 왜 쓸데없이 정신질환자들이나 중독자들을 보호하고 막대한 돈을 사용하느냐고 이야기한다. 이민자들도 환경도 다르고 말도 안 통하는 곳에서 열심히 일하고 아껴 살며 세금도 꼬박꼬박 내며 살고 있는데, 의욕도 의지도 없는 그런 사람들을 도와주어야 하느냐고 물어올 때가 있다.

내 대답은 한결같다. "좀 더 나은 우리가 해야 할 일이니까요." 물론 내 대답이 이분들을 만족시킬 수 없다. 우리는 우리대로 열심히 살아갈 수 있는 지식도, 지혜도, 이성도 있지만 대부분의 정신질환 고객들 그리고 어떠한 이유로든 중독자들인 고객들에게는 그렇게 할 수 있는 능력이 없다고 설명한다. 그러면 왜 그것을 우리가 책임져야 하느냐고 묻는 분들도 간혹 있다. 우리가 모든 걸 다 책임을 질 수는 없지만, 인생길을 함께 걸어가는 그들의 손을 잡아주는 것은 온전히 건강한 우리가 마땅히 해야 할 일이라고 생각한다. 물론 이들을 돕는 일은 끝이 없는 길이다. 우리 프로그램에 들어와서도 아직도 코카인을 하는 고객들도 있고 술을 계속 마셔대는 고객들도 있다. 이들에게 '약'이나 술을 줄여가거나 다른 것으로 대체하는 방법들을 알려주고 권면한다.

강의 도중 한 학생이 손을 뻔쩍 들더니 한국 민요 중에 '쾌지나 칭칭나네'가 있는데 레지나 선생님 강의를 듣다 보니 꼭 말씀드려야 할 것 같다며, '쾌지나 칭칭나네' 노래를 '레지나 칭칭나네'라고 부르고 싶다고 했다. 교실 안의 학생 모두 자리에서 일어나 '레지나 칭칭나네'로 가사를 바꾸어 내 일에 대한 고마움을 표현해주었다.

2020년, 어려운 팬데믹의 시간이 지나가고 있다. 이때까지 크게 아프지 않고 도움의 손길이 필요한 이들에게 작은 것이라도 내밀며 함께 걸어올 수 있어서 감사하다. 앞으로 나는 이들과 함께하는 인생길에서 '레지나 칭칭나네' 노래를 신나게 부르며 갈 것이다.

열심히 살아가는 게 '힘'이다

나는 한국에서 교육을 마치고 미국에서 조금 더 공부한 후에 미국 직장에서만 30여 년간 일하고 있다. 일반 직장과 다르게 사회복지 쪽에서 일하다 보니, 우리가 살고 있는 지역의 여러 단체, 다양한 프로그램 또는 복지혜택 등 미국에서 살아가는 데 필요한 정보를 일반인들보다 많이 알고 있는 편이다. 그래서일까? 아니면 성격 탓일까? 주머니가 좀 비어있어도 그다지 불안해하거나 스트레스를 받지 않는다. 유명 브랜드의 비싼 옷이 없어도 그다지 신경이 쓰이지 않는다. 내가 뭘 입고 다니든 누가 뭐라고 해도 신경쓰지 않고 힘들어하지 않는 편이다. 이 바쁜 세상에서 살면서 남들의 생각까지 신경을 쓰기에는 시간이 너무 아까워서이다.

이곳 시애틀로 올 때 큰아이가 5학년, 둘째 아이가 3학년, 막내가 세 살이었다. 우리 시어머님은 딸만 넷에 아들을 하나 낳으셨는데 워낙에 딸들이 시어머니에게 잘해서인지 아니면 시대를 앞서가시는 분이어서인지 내가 셋째 아이를 갖게 되자 나에게 아주 쓴소리를 하셨다. 이미 이쁜 두 딸이 있는데 뭐하러 또 아이를 갖고 그러냐고. 그리고 한마디 덧붙이셨다. 옛날에는 무지해서 아이들을 많이 낳았지만, 요즈음 같은 세상에 배울 것도 많고 할 일도 많은데 무슨 애들을 셋씩이나 낳느냐고. "세상은 좁고 땅덩어리는 좁아져 가는데 이 땅이 네 땅이냐? 아이를 또 갖게?"라며 나를 나무라셨다. 아이들 키우느라, 살림하랴, 파트타임으로 일하랴, 늦게 시작한 공부하랴, 정신없이 바쁜 나는 워낙에 나를 가꾸는 데 소질이 없었고 더구나 치장하고는 거리가 멀었다. 그런 나에게 시어머니는 빨간 매니큐어라도 칠하고 다니라며 어느 날은 당신이 쓰시던 빨간 자줏빛 매니큐어를 주셨다. 그 시절에 나이도 어리고 제법 순진했던 나는 시어머님의 분부대로 자줏빛 나는 매니큐어를 손톱에 바르고 우아하게 행동해보려고 했지만, 세 아이 치다꺼리와 밀린 숙제, 집안일 등에 치여 매니큐어는 일주일 만에 내동댕이쳐버렸다. 그 이후로 지금까지 손톱에 매니큐어를 바른 적이 없다.

남편이 공부를 마치고 미국의 중북부 어느 지역으로 발령이 나서 같이 가서 살게 되었는데, 그곳은 한국 사람이라고는 눈을 크게 뜨고 찾아보아도 보기 힘들었다. 한 시간 이상 달려야만 겨우 예전에 한국에 주둔했던 주한미군과 결혼한 분들 서너 명이 살고 계셨다. 주민은 2000명 정도 살고 있었고 근처에 '레드 아울(빨간 부엉이)'이라는 작은 식료잡화점 하나에 초등학교, 중고등학교, 유치원 그리고 여름에만 오픈하는 아이스크림 가게가 전부였다.

이곳으로 이사오기 전, 나는 집에서 40분 정도 거리에 '마샬 필드'라는 유명백화점의 액세서리매장 매니저로 일하는 틈틈이 공부를 하고 있었다. 나중에 나를 매니저로 채용한 상사에게 나를 왜 뽑았는지 물어보았더니, 함께 일하는 사람들이 나를 재미있게 생각해서란다. 아마도 내게 약간의 광대 기질이 있는 듯하다. 새로 들어오는 직원들 교육을 주로 했는데, 나와 며칠간 일하다 보면 모두 편안히 생각하고 재미있어한다. 그때는 두 아이를 키우면서 공부를 하던 때라 하루에 4시간 이상 자본 기억이 없다.

우리가 살게 된 집은 그 동네에서 제일 좋은 빨간 벽돌집으로, 집안에는 바닥이 모두 대리석으로 되어있었고 방만 9개가 있었다(집은 훌륭했지만 너무 커서 청소하는 데 시간이 너무 많이 들어 다음번에 집 장만할 때는 그리 큰집을 선호하지 않게 되었다). 이곳에 오기 전 나는 일과 공부를 병행하느라 몸도 마음도 지쳐 있었다. 게다가 갑상선 수술을 했는데, 회복이 느려 이곳에 살면서는 모든 것을 놓고 원없이 쉬었다.

시간에 여유가 생긴 나는 예전 습관을 버리지 못하고 또 움직이기 시작했다. 이곳에 자리 잡고 살고 있는 한국 분들에게 한국말 교육을 해드렸다. 그 시절 가정형편상 학교에 가 볼 생각도 못하고 공장 다니시다가 좋은 미국 분들 만나 결혼해서 오신 분들 몇 분을 가르쳤다. 자식들에게는 읽어줄 수 없었지만,

손자들에게는 책을 읽어주고 싶다며 영어를 가르쳐 달라는 분들에게 영어도 가르쳐 드렸다. 또 민간외교도 할 겸 우리가 사는 곳에서 5시간 걸리는 시카고 영사관에 전화하여 한국문화에 관한 비디오를 보내달라고 하여 이곳에 있는 학교, 공공기관(공공기관은 클리닉, 교회, 병원, 소셜서비스 사무실) 등에서 한국의 역사, 문화, 풍습 등을 전하며 바쁘게 시간을 보내었다.

삶을 재미있게 살아가려면 재능이 있으면 더 좋겠지만, 재능이 없어도 열정을 가지고 본인이 열심인 일에 감동을 가지면 된다. 나는 재능이 많은 사람이 아니다. 열심히 노력하며 살아가려고 생각하고 실천한다. 최선을 다하여 살아가다 보면 일한 만큼의 결과가 나오니, 스스로 칭찬하면서 감동을 받고 다른 이들에게 파장을 일으키며 감동을 전한다.

오지랖인가요? 아니면 마땅히 해야 할 일인가요?

내가 인권운동에 대해 더 알아보고 연구하게 된 이유는 전국적으로 일어난 '블랙 라이브즈 메터(BLM)'에 대한 관심 때문이었다. 흑인들의 역사를 공부하면서 더욱 미안해지고 감사한 마음이 들게 된 이유는 이들 덕분에 미국으로 이민 와서 사는 우리 유색인들이 지금처럼 편하게 살아갈 수 있기 때문이었다. 우리 이민자들은 이들 흑인들에게 빚진 자들이다. 흑인들이 자유를 찾아서 투쟁하고 피와 땀을 흘려가며 백인과 흑인이 다르지 않은 사람인 것을 세상에 알렸기 때문에 백인 우월주의의 허상을 벗겨 버릴 수 있었던 것이다. 그런 덕분에 오바마 대통령이 나올 수 있었다.

팬데믹이 시작되면서 속상했던 일 중의 하나가 늘 가던 피트니스센터가 문을 닫아버린 것이었다. 특별히 시애틀은 겨울에 거의 늘 비가 오기 때문에 밖에서 운동하는 일이 쉽지 않다. 팬데믹 이전에는 직장에 나가기 전 새벽 일찍 거의 텅빈 피트니스센터에서 운동을 하고 경쾌하게 하루를 시작했다. 그러나 팬데믹으로 인해 피트니스센터는 오랫동안 문을 닫았다.

중학생 시절 교회 수양회에서 짓궂은 남학생이 장난으로 나를 물에 빠뜨렸고, 수영에 미숙했던 나는 물에서 발버둥치며 정신을 잃었던 일이 있다. 그 후로 물은 두려움의 대상이 되었다.

팬데믹으로 한동안 못 가보던 수영장을 가게 되었다. 수영장 안에는 그다지 사람이 많지 않아 아무런 방해도 받지 않고 혼자만의 시간을 즐길 수 있다고 생각되었다. 수영장을 드나든 지 열 번째 되는 즈음 드디어 나는 물에 대한 공포를 벗어버릴 수 있었다.

내가 다니던 수영장은 성인전용이었는데, 보통 때는 사람이 거의 없어서 조용했다. 열흘 전 수영장에 들어서니 첫 번째 라인에 백인 젊은 부부와 예쁜 두 아이가 장난감을 가지고 놀고 있었다. 다음 번에도 수영장에서 그 아이들을 만났는데, 심하게 장난을 쳐서 불편한 마음으로 집으로 돌아왔다.

그 후 동양인 여자 한 사람이 일곱 살 정도 되어 보이는 아이를 데리고 수영장으로 들어오는데, 갑자기 밖에서 직원 한 사람이 뛰어오더니 동양 여자에게 뭐라고 말하는 것 같았다. 수영을 마치고 돌아가는 길에 물었더니 성인전용 수영장에 아이들이 들어와서 제지했다고 한다.

얼마 후에 다시 수영장에 가보니 저번에 본 백인 아이들이 와서 놀고 있었다. 매니저를 찾아서 물었다. 한 명은 일본인이고, 그 옆에서 프런트를 지키던 이에게 어느 민족이냐고 물었더니 '블랙'이라고 했다. 내가 "너희들 여기에서 왜 일하니?"라고 묻자 어안이 벙벙해 했다. "너희들이 며칠 전에 동양 여자가 남자아이 데리고 들어와 수영하려고 물속에 발을 디디자마자 뛰어와 여기는 성인전용이라며 내보냈잖아?"라고 말하며 "지금 저 수영장 첫 번째 라인에 있는 아이들은 오늘로 내가 세 번째 보는 건데 이건 뭐지?"라고 물어봤다. 젊은 청년이 "아이들이 수영하면 안 되는데, 아니 들어올 수 없는데"라며 자기들이 금방 가서 얘기할 테니 들어가서 수영에 열중하란다. 나는 "그래 부탁해!"라고 말한 후 수영장으로 돌아와 수영하면서 옆자리의 아이들이 빨리 퇴장하기를 기다렸다. 말한 지 35분이 지났는데도 이 아이들과 아이들의 아빠가 수영장을 전세 낸 것처럼 떠들며 신나게 놀고 있었다.

한참을 기다려도 오지 않는 직원들이 너무나 괘씸해서 수영을 그만두고 급하게 샤워를 한 후, 호흡을 가다듬고는 목소리를 쫘악 깔고 프런트데스크로 가서 매니저를 찾았다. 아까 만난 동양 청년이 지금 매니저가 없다고 이야기하며 부매니저인 자기한테 이야기하란다.

나는 다시 목소리 쫙 깔고 말했다.

"너 여기서 돈 버는 것만 네 사명이 아니야. 여기서 일하면서 우리 소수민족의 권리를 찾아가는 것도 네가 할 일인 거야! 알아? 내가 말했을 때 너희는 금방 저 아이들과 아빠를 내보낸다고 했어. 그런데 아직까지 그냥 놓아두고 있네. 이 상황이 얼마나 잘못되었는지 다시 한번 얘기해줄게. 너희가 며칠 전 동양 여자와 아이에게 당장 나가라고 해서 그들은 수영장에 발도 못 담가보고 되돌아갔거든. 지금 당장 저 남자와 아이들을 내보지 않으면 나는 인종차별 건으로 너희 헤드오피스에 연락해서 너희에게 법적인 책임을 물을 거야. 지금 일이 많아서 너무 바쁘지만, 내 일을 제쳐놓고라도 이 일을 끝까지 밀고 나갈 거야! 이게 말이 되는 거야?"

말이 끝나기 무섭게 자리에 없다던 매니저가 안에서 쑥 나오더니 수영장 쪽으로 급하게 달려간다.

쿠킹타임

나는 요리하는 것이 아주 재미있다. 무엇인가 새로운 음식을 배우고 그 음식을 만들어보는 것도 좋아하지만, 집안에 있는 여러 가지 재료를 가지고 이것저것 다양한 음식들을 만들어보는 과정이 신기하고 재미있다. 미국 생활 40여 년 동안 김치를 사 먹은 게 손가락으로 세어 볼 정도로 다양한 김치 만드는 것도 좋아한다. 이곳 워싱턴에 살면서부터는 가까운 일본인 친구 부부가 바다에 나가서 잡아 온 생선을 받아서 깨끗이 손질하여 소금을 켜켜로 부어놓고 오랜 시간 동안 삭혀 젓갈로 만들어 음식을 할 때마다 사용하기도 한다. 몇 년 동안 곰삭은 젓갈들은 맑은 젓갈이 되어서 감칠맛을 내준다.

여름에는 집 정원에 온갖 허브들이 자라나는데, 자라나는 과정이 너무나 귀하고 예뻐서 자주 손질해주며 살펴보는 것으로 힐링타임을 갖기도 한다. 가을이 되면 허브들을 수확하여 청으로 만들어 놓기도 하고, 겨우내 마실 수 있는 차로 만들어 향내 나는 차를 즐기기도 한다. 물론 이렇게 하려면 아주 부지런해야 한다. 그러나 생각할수록 재미있는 일이다. 재미있어야 오래 할 수 있다.

일을 일이라 생각하고 한다면 일에 지쳐버려서 오랫동안 할 수 없다. 회사에 새로운 직원을 뽑을 때 면접을 보며 내가 주로 보는 것은 그 사람이 자기가 할 일을 얼마나 즐겁게 할 수 있는 사람인가를 살펴보는 것이다. 능력이 있어서 일을 쉽게 잘하는 사람도 있지만, 끈기 있게 오래 일을 잘할 수 있는 사람들은 자기가 좋아하는 일을 하는 사람이라고 생각한다. 어쩌면 나는 무척 아끼고 좋아하는 내 일을 잘하기 위하여 더불어 하는 일이 요리인 것 같다. 요리는 시작과 끝이 분명하게 있으니까 말이다.

사무실에서도 일을 다 마치고 조금 여유가 생기면 나만의 주방(사람들은 사무실 주방을 거의 이용하지 않는다. 요리하는 사람은 나밖에 없다)으로 간다. 머리가 복잡해지면 가까운 파이크마켓(시애틀의 유명한 농수산물 시장)으로 가서 신선한 재료들을 사다가 '휘리릭'(주위 사람들의 표현에 의하면 나는 휘리릭 요리를 한다고들 한다. 요리할 때마다 내가 머릿속으로 얼마나 많은 시간 생각하고 연구하는지 사람들은 알 수 없을 테니까 말이다) 요리를 한다. 음식을 만들면서 냄새를 풍기기도 해서 맛있는 냄새에 주방으로 발걸음을 돌리는 직원들이 있기도 하다.

이날 나는 지난주 토요일에 구입한 떡볶이 떡 네 판을 살짝 물에 담가두었다. 사무실에 있는 20인용 프라이팬에 닭고기를 충분히 우려낸 국물에 가지런히 정리해놓은 떡을 넣고는 이탈리안 허브들로 양념을 하고 마지막에 치즈를 살짝 뿌린 후에 모든 직원을 불러 모았다. 동료들은 나의 초대에 거의 모두 주방으로 모여 잠깐의 휴식을 취하며, 제목도 알 수 없는 나의 새로운 음식을 나누어 먹으며 너무 맛있다며 이구동성으로 말했다.

몇 번의 큰 수술을 하고 난 뒤로는 항상 몸이 차갑다. 한여름에도 양말을 신고 자니까 말이다. 많은 분이 마늘이 몸에 좋다고 하여, 마늘을 어떻게 먹을까 열심히 연구했다. 그러던 중 프랑스요리 책을 읽다가 프랑스 사람들이 좋아하는 마늘요리 중에 confit(컨핏)을 만들기로 했다. 컨핏은 작은 마늘들을 모아 깨끗이 씻어 물기를 제거한 후에 올리브오일과 소금, 그 외 여러 향내 나는 허브들을 넣고 조려내는 요리이다. 우선 마늘 3파운드 정도를 두껍고 커다란 냄비에 넣고 올리브오일을 넉넉하게 넣은 후 소금을 뿌려 서너 시간을 은근한 불에 조린 후에 각종 허브를 넣었다. 요리가 다 된 후에 맛을 보니 마늘이 캐러멜처럼 쫄깃한 컨핏이 되어 있었다.

이날부터 마늘과 함께 먹을 빵을 구워야 하는 게 숙제처럼 다가왔다. 시중에는 아주 맛있는 빵이 많지만, 방부제 사용 안 하고 소화가 잘되는 빵을 생각해보고 결론을 내렸다. 빵을 만들어 먹기 시작하면서 가게에서 사는 빵이 맛이 없어졌다. 물론 빵을 굽는 일이 간단하지는 않지만, 먹는 기쁨 또한 굉장히 커서 빵을 만든 시간이 전혀 아깝지 않다.

몇 년 전 한국을 여행할 때였다. 오빠와 함께 엄마를 모시고 감자탕 집을 방문했다. 그 집의 감자탕 안에는 감자는 없고 양념된 돼지 뼈들이 배추에 섞여 뜨거운 김을 내며 상으로 내어졌다. 뜨거운 김을 후후 불어가며 감자탕을 맛보는데, 담백하고 시원하고 매콤한 맛에 반해, 그 뒤 몇 번을 찾아가 부탁한 끝에 감자탕 조리법을 배웠다.

음식을 만들기 위해 신선한 재료를 구입하러 다니고, 재료를 펼쳐놓고 어떻게 요리를 할 것인가를 생각하다 보면 무거웠던 머리가 가벼워진다. 재료를 구해서 요리하고 만든 음식을 가족들과 둘러앉아 즐겁게 먹는다. 내가 만든 음식을 먹어본 이들의 품평까지 듣고 나면 음식 만들기가 마무리되는 느낌이 든다. 나에게 쿠킹은 예술이다.

작은 불꽃 하나가

　많은 고객 중에 특별히 관심을 가지게 되는 고객들이 있다. 그것은 아마도 이들의 삶의 자세 때문이 아닐까 생각이 든다. 홈리스들이라고 해서 다 약물에 취하고 정신적 질병으로 인하여 길가에서 허우적거리는 것만은 아니다. 정신적인 질병 때문에 정상적이지 못한 삶을 살고 있는 사람이 가족에게 버려지거나 본인이 가족을 떠나 홈리스가 되기도 하고, 또는 복잡한 삶 속에서 모든 것을 잊고 싶어서 그냥 약에 취해 홈리스가 되는 경우도 있다.

　나의 자랑스러운 홈리스 고객 한 사람은 아프리카계 유대인이다. 원래 이분은 비행기 조종사였는데, 한때 도박에 빠져 모든 것을 탕진했다. 한 명 있는 자식은 다 컸고, 함께 살던 아내와 이혼하고는 돈 한 푼 없이 이곳으로 왔고, 우리 프로그램에서 제공해주는 무료 쉘터에서 6개월을 거주하다가 보잉 비행사로 다시 취직해 들어갔다. 현재는 나하고도 가끔 연락을 하며 대화를 하는 홈리스 출신의 고객이다.

이 고객은 우리 사무실의 자랑이다. 도박에 중독되면 팔을 잘라도 발로 도박을 한다는데, 이분은 6개월 상담 후 도박중독에서 벗어났다. 현재는 에베렛으로 이사가서 보잉에 다니며 자립에 성공했고, 좋은 여자를 만나 가정도 꾸렸다. 가끔 나에게 전화를 해와 자기 가정의 근황을 알려주는데, 잘살아가는 모습에 감사한 마음이 든다.

약물중독으로 시애틀 바닥에서 헤매던 한국 청년 하나가 주위의 도움과 노력으로 며칠 전 다시 한국으로 돌아갔다. 어린 나이에 유학 와서 미국 집에서 홈스테이를 하던 소년은 왕따를 당하고 학교생활에 적응하지 못 했다. 이곳에서의 힘든 생활을 부모에게 숨기면서 학교에 다니다, 결국은 극복하지 못하고 약물에 의존하다가 약물중독이 되었다. 그는 아파트 안에서 사고를 친 후 아파트에서 쫓겨나게 되었다.

아들의 소식을 궁금해하던 부모와 연락이 되자 나는 당신의 아들을 살리려면 돈줄을 끊어버리라고 조언했다. 나의 충고에 사랑하는 외아들에게 매달 넉넉히 보내던 생활비를 단호히 끊어버리고 난 후 7개월 만에 이 청년은 그야말로 갖고 있던 모든 것들을 처분하고 빈 몸이 되어 노숙자 생활을 하게 되었다. 결국 우리 프로그램에 의탁하게 되었지만, 또다시 방황했다. 사라졌다 나타났다를 반복하던 한국 청년은 많은 우여곡절 끝에 결국 한국행 비행기를 탔다.

오늘 나의 고객 한 명이 나를 찾아왔다. 그는 어릴 때 받은 육체적, 정신적 상처로 인하여 자주 공황상태가 되며 그 상황을 못 견디면 약을 하곤 했다. 3년 전부터 우리 프로그램에서 약물치료와 더불어 정신과 상담을 받으며 많이 좋아져서 우리 사무실 잡스페셜리스트가 추천해준 유리공장에 취직하게 되었다. 그에게 어린 시절로 돌아간다면 무엇이 하고 싶은지 물었다. "엄마와 아버지가 평생을 함께 사셨다면, 나는 버림받지도 않았을 테고, 이렇게 살지도 않았을 것"이라며 안타까워했다. 살아오는 동안 아버지를 본 기억은 열한 살 때가 처음이자 마지막이었단다.

그가 나에게 물었다.

"레지나, 나하고 같이 걸어다니는 게 창피하지 않았나요?"

나는 그에게 "지금 너는 새 삶을 살아가고 있고, 누구보다 최선을 다해 살고 있어서 자랑스럽다"고 말해주며 "네 인생의 주인공은 바로 너"라며 당당히 살아가라고 했다. 그는 나의 말을 들으며 어느새 눈물을 흘리고 있다. 나는 그에게 "네가 행복을 찾아가는 길에 네 편이 되어 최선을 다해 돕겠다"고 전했다. 그는 먹던 생선튀김을 삼키지 못하고 결국 눈물샘이 터져 버렸다.

외로웠던 삶 속에 우리의 작은 위로가, 우리의 작은 사랑이 불씨가 되어 이들을 일으켜 세우고 자립의 불꽃을 일으키는 것이다. 이 불씨가 마르지 않고 지속적으로 커나가기를 간절히 기원해본다.

Feel a sense of belonging(소속감)

홈리스와 정신질환자들인 우리 고객 대부분이 정신적 또는 신체적인 상처가 아주 많은 사람들이다. 그래서인지 사람들을 믿는 것이 어렵고 사람들하고 친해지는 일이 쉬운 일이 아니다. 누군가하고 새로운 만남을 갖는 것이 이들에게는 무척이나 불편하고 어색하고 힘든 일인 듯하다. 새로운 사람을 만나서 자기의 모든 이야기를 새로 해야 하는 것 역시 불편하고 힘든 일이다.

오늘 난동을 친 ○○은 나하고 벌써 7년째 만나고 있다. 우리 프로그램에 들어와 그룹홈에 지정을 받고 처음 만난 남자 카운슬러에게 침을 뱉어서 내 고객 케이스로 왔다. 나와 만남 후 지금까지 큰일이 없었다.

○○은 1961년생 아이다호 출신 백인여자다. 여섯 살 때부터 여덟 살 때까지 의붓아버지에게 성폭력을 당하다가 여덟 살 때 엄마에게 사실을 털어놓았다. 그러나 알코올중독자였던 엄마는 "내 남편을 어린 네년이 빼앗아 갔다"며 두들겨 팼고 이웃에

의하여 아동학대로 고발당했다. 그 후 ○○은 포스터홈을 전전하게 되었단다. 물론 의붓아버지는 평생을 감옥에 갇히게 되고 엄마는 어린 동생들을 책임져야 한다는 이유로 잠시 감옥에서 살다가 나왔다고 한다. ○○은 여덟 살 이후로 엄마와 동생들을 본 적이 없단다. 스물아홉 살 되던 해에 극적으로 아이다호에 그대로 살고 있는 동생들과 연락이 닿아서 그때부터 지금까지 전화로만 통화해오고 있다. 언젠가는 아이다호를 방문하고 싶다며 나하고 함께 그 꿈을 준비 중이었다.

너무나 많은 상처를 받아서 나만 힘들고, 나만 괴롭고, 다른 상대방의 입장과 형편은 고려하는 법을 모르는 내 고객을 상대하는 것은 힘들고 어려운 일이지만, 이 사람들을 내게 붙여준 특별한 이유가 있을 듯 싶었다. 고객 한 사람 한 사람의 인생 길에 내가 이들의 손을 잡아주고 이끌어주며 함께 걸어가고 싶다. 우리 사무실 우리 팀에 속한 서른아홉 명 모든 카운슬러의 마음이 그러할 것이다. 항상 이들에게 더 잘해주고 싶고, 조금이라도 평범한 일상생활을 접하게 해주고 싶고, 이들의 마음속에 들어있는 공포, 두려움, 아픔, 슬픈 기억들을 조금이라도 덜어내어 주고 싶다 보니, 조금 몸이 고단하여도 되도록이면 친절한 말씨와 따뜻한 마음으로 이들을 만난다. 그러다 보니 이들도 마음을 열고 나를 의지했던 것 같다.

처음 ○○과 함께 쇼핑하러 가는 길이었다. 우리 사무실에서 가게가 있는 거리까지 8블록을 걸어가야 한다. 그 거리는 홈리스들이 진을 치고 있는 곳인데, ○○은 나와 함께 쇼핑 가는 것이 얼마나 기뻤는지 여기저기 모여 있는 홈리스 친구들의 시선을 불러모으며 이야기한다. "어이! 여기 레지나는 내 카운슬러인데, 나는 오늘 ○○○스토어로 쇼핑을 가는 중이야. 다음 주에는 레지나와 함께 샌드위치 가게에도 갈 거고 또 다음 주에는 미용실에도 함께 갈 거"라며 자랑 아닌 자랑을 한다. 내가 그에게 "그냥 가지 왜 사람들에게 광고하면서 가느냐"고 물어보니 ○○은 "레지나, 저 친구들은 함께 갈 사람이 없잖아! 나는 레지나가 함께 가주니 너무 좋아서 그래!"라고 답한다.

가슴이 뭉클해졌다. 그리고는 이들이 평범한 삶을 살아갈 수 있도록 최선을 다해 돕자고 마음속으로 다시 한번 다짐했다. 잠시 살다 가는 인생길에서 아프고 슬픈 기억만 갖고 돌아가야 한다면, 너무나 불공평하지 않은가? 물론 이들이 여전히 중독생활을 하기도 하고, 아직 제정신이 아니기도 하지만, 어느 누군가에게 받은 사랑과 관심을 기억한다면, 인생길이 조금 더 수월해지지 않을까? 천국은 하늘나라에만 있는 것이 아니라, 이 땅의 삶에도 있다는 느낌을 이들도 가지게 하고 싶다. 매일매일 조금씩 나아져 가는 이들의 삶에 희망을 걸어보고 싶다. 어쩌면 변하지 않을 수도 있겠지만, 이들에게도 자기들의 편이 있다는 것을 느끼게 해주고 싶다.

인도의 캘커타에서 가난하고 헐벗은 생명을 돌보다가 삶을 마친 마더 테레사 님이 이런 말씀을 했다. '내가 세상에서 필요 없는 존재이기 때문에 사랑도 관심도 받지 못하고 모든 사람에 의하여 잃어버린 존재로 산다는 것은 배고픔보다 더 아픈 것이다."

자연의 힐링 타임

우리가 살고 있는 시애틀은 봄부터 여름까지 어디 하나 부족하지 않은 자연경관, 푸르른 태평양 바다, 그리고 아름답고 울창한 숲들이 펼쳐진다. 그 풍경을 바라볼 때면 어쩌면 이렇게 아름다울까, 라고 감탄하게 된다. 시애틀에 우기가 시작되면 매일 내리는 비로 인하여 사람들의 마음이 조금 우울해지기도 하지만, 나 같은 경우는 워낙에 바쁘다 보니 사실 비가 와도 그다지 느끼지 못하고 지낸다.

이번에는 휴가를 좀 일찍 다녀왔다. 미국 정부의 코로나 제한 발표가 있고 나서 여행지와 식당들까지도 단계적으로 닫히고 집안에서 밖으로 나갈 상황이 안 되었다. 팬데믹 일 년의 시간이 너무나 답답하고 때로는 숨이 막힐 정도여서 빨리 코로나가 없어지기를 고대하고 있었다. 마침 코로나 백신이 개발되면서 우리 같이 제일선에서 일하는 사람들에게 코로나 백신주사를 먼저 맞을 수 있는 기회가 왔다. 나 역시 백신 참여 홍보 대

사로 일하면서 지난 10월에 첫 번째 백신을 맞았고, 30일 이후 두 번째 백신을 맞고 나니, 백신의 효능은 물론이겠지만 일단 심리적인 안도감에 마스크를 쓰고 다니더라도 안심이 되었다. 우리가 먼저 백신을 맞게 될 수 있었던 이유는 우리가 만나는 고객들은 자기 관리가 안 되는 정신적인 문제가 있는 사람들과 약물 중독자, 노숙자들로, 이들은 누구보다도 코로나 바이러스에 노출이 더 많이 되는 그룹이었기 때문이다.

코로나 바이러스는 사람들을 공포에 떨게 했다. 내가 살면서 느낀 미국은 길을 가다가 모르는 사람들을 만나도 밝은 미소로 '하이!'라고 반갑게 인사하는, 그런 사회였다. 코로나가 시작되고 정부의 지침 아래 모두들 마스크로 얼굴을 가리고 다녔다. 혹시라도 길을 가다가 사람들과 마주하게 되면 6피트(약 183cm) 거리 뒤로 물러나거나 상대방이 지나갈 수 있도록 등을 돌려 서 있는 등 상상해보지도 못하던 일들이 일어났다.

정부의 방역이 자리를 잡아가면서 묶였던 제재가 조금씩 풀렸다. 나는 그동안 제대로 사용하지 않은 휴가를 사용하기로 작정하고, 가족들과 자동차 여행을 기획하였다. 많은 사람들이 사용하는 호텔도 조금 불안하게 느껴져, 우리 가족은 차 안에서 잘 수 있도록 준비했다. 정부가 오픈해준 내셔널파크 등에 자리를 잡고 그곳에 준비되어 있는 전기시설들을 통해 음식을 장만해 먹으며 여행하기로 했다. 우리는 캘리포니아, 아리조나, 유타, 아이다호 와이오밍 몬태나 오리건을 돌아다녔다.

웅장한 그랜드캐년, 브라이스캐년, 레드캐년 그리고 샌디에고의 아름다운 라홀라 바닷가 등을 다니며 그동안 느끼지 못한 자연의 아름다움에 깊이 감사하며 자연과 소통했다.

코로나 바이러스로 거의 일 년간 문이 닫혀있던 자연은 사람들의 발길이 끊어진 채로 자연치유현상으로 무성하고 아름다운 숲들을 복원해내고 있었다. 자연이 만들어준 계곡들은 모두 각자의 개성이 있는 웅장함으로 우리 여행자들의 감탄을 자아내었다. 차를 타고 다니며 멀찌감치 동식물을 바라보는 여행자들의 마음엔 저절로 자연에 대한 감사가 떠올랐고, 이 아름다운 자연을 잘 지켜내야 한다는 각오도 생겼다.

여행을 쉽게 하려면 식사는 음식점에서 사 먹으면 된다. 그러나 요리하는 것을 즐기는 나에게는 새로운 장소에서 맛있는 음식을 해먹는 것이 정말 즐거운 일이었다. 브라이스캐년에서는 새우가 들어간 이탈리안 요리를 했는데 그 맛은 정말 최고였다(물론 때로 그 지역의 유명한 식당을 찾아가 새로운 음식을 맛보기도 했다).

15일간의 자동차 여행을 하면서 깊은 산속 텐트에서 잠을 자기도 하고 고급호텔에 묵기도 했다. 숲속의 텐트 안에서 자면서 추위 떨기도 했지만, 아침에 떠오르는 아름다운 태양을 바라보면서 가슴 깊이 자연에 대한 감사함을 느꼈다. 때로는 여기저기 모여 풀을 뜯어 먹는 엘크들을 관찰해보기도 하고, 그랜드캐년에 아직도 녹지 않은 5월의 눈밭을 걸어보기도 하면서, 그동안 팬데믹으로 갇혀있던 마음과 몸이 회복되는 것을 느꼈다. 자연이 주는 기쁨, 자연이 주는 풍성한 자유로움, 자연이 선사해준 힐링타임에 감사하는 마음으로 다시 새롭게 일을 열심히 할 것이다.

Te quiero(테키에로)!

나는 물건이 필요하거나 필요 없거나 상관없이 특별히 자주 가는 마켓이 있다. 그곳의 백화점 델리(식재료) 코너에서 일하는 엘사 때문이다. 엘사와 인연은 벌써 9년 전으로 거슬러 올라간다.

엘사는 내 여성 고객이었는데, 우울증으로 몸이 점점 불어 건강이 나빠지고 있었다. 그를 담당하고 있는 히스패닉 카운슬러가 다른 부서로 전근가면서 언어가 좀 부족해도 엄마 같은 내가 잘 맞을 것 같다는 강력한 추천으로 내 케이스로 옮기게 되었다. 그때 엘사는 스물네 살이었고, 아홉 살 먹은 아들이 있었다. 엘사는 멕시칸 계통의 히스패닉이었는데, 어릴 때 엄마, 아빠와 함께 텍사스를 거쳐 밀입국했다. 부모님이 이곳저곳 옮겨 다니며 일하셨기 때문에, 엘사는 제대로 된 정규교육을 받아본 적이 없었다. 그래서 미국에 살아도 영어가 그다지 편하지 않았다.

엘사는 새아버지의 성폭력으로 열다섯 어린 나이에 아이를 낳았다. 엘사는 새아버지의 성폭행 사실을 엄마가 알고 있었는데, 별다른 조치를 하지 않았다고 말하다가 갑자기 일어나 몸을 부르르 떨었다. 내게 딸이 있는지를 물었고, "당신의 딸이 이런 일을 당했다면 어떻게 할 것이냐"며 발로 땅을 치면서 울기 시작했다.

엘사와 나와의 상담은 오후 2시에 시작되었는데 이미 퇴근 시간에 가까운 5시를 넘어서고 있었다. 나는 엘사의 한 많은 울음이 다 토해져 나오기를 기다렸다. 하늘에 어둑어둑 어둠이 깔릴 즈음, 엘사는 울음을 멈췄다. 그러나 기진맥진하여 일어서지도 못했다. 나는 옐로우 택시를 불러 엘사를 집으로 보내고 잠시 사무실에 앉아 엘사를 위한 플랜을 짜기 시작했다.

우선 엘사의 집을 옮겼다. 그리고 그로서리(식료품 잡화점)의 델리 부문에서 멕시칸 음식을 조리하는 일을 하게 하고, 저녁엔 영어학교에 보냈다. 아들은 새로 이사 간 집 근처에 있는 학교에 입학시켰다. 엘사는 점점 밝아져 갔다.

그리고 해야 할 일은 새아버지를 벌주는 일이었다. 엘사와 엘사의 엄마를 설득하여 형사를 만나게 했고, 결국 새아버지는 미성년자 성폭력 죄로 38년의 형량을 받고 감옥에 가게 되었다. 엘사의 엄마를 설득하는 일이 제일 어려웠다. 그러나 모두의 건강한 삶을 위해서 덮어두어서는 안 될 일이었다. 상처받은 자들이 살아가야 하는 삶은 너무나 불을 보듯 뻔하다. 가해자가 제대로 벌받지 않는다면, 피해자들의 정당한 권리가 박탈

당하는 셈이다. 상처로 인하여 평생 동안 정신적인 병을 앓게 될 것이고 그로 인하여 그들의 삶은 피폐해질 것이다.

엘사를 매주 만날 때마다 나는 너의 잘못이 아니며 너는 행복하고 존귀하게 살 가치가 있는 사람이라고 알려주었다. 엘사가 아이를 키우고 싶다면 우리는 옆에서 힘껏 도울 것이라고 말했다.

내가 살고 있는 지역 근처에 아파트를 얻어주고 적어도 한 달에 한 번은 엘사를 방문한다. 내가 방문할 때마다 엘사는 솜씨를 발휘하여 맛있는 홈메이드 또띠아(토르티야)를 나에게 싸주고는 한다. 나는 엘사가 싸준 음식을 모아 또 다른 히스패닉 고객과 나누며 그들에게도 같은 여유가 있기를 바라본다.

엘사는 오늘도 그 악몽같은 시간들을 뒤로하고 나에게 전화를 한다.

"Hi Regina, Te Quiero(하이 레지나, 사랑해)!"

우리는 이들에게 어떤 존재일까?

나의 고객 ○○이 지금 로비에 와서 기다리고 있다는 연락이 왔다. 사무실에서 ○○에게 신발 사줄 돈과 전화기를 챙기고 아래층 로비로 내려가니, ○○이 나와 함께 나가는 것이 너무나 좋다며 팔짝팔짝 뛰고 있었다. 함께 다운타운 3가 길을 걷는데, ○○은 눈에 보이지 않는 대상을 보면서 혼자 중얼거리기도 하고, 상대가 앞에 있는 것처럼 낄낄거리며 웃는다. 아무래도 정신 빼놓고 걷는 게 불안해 보여 말을 시켜보았다. "○○아, 너는 어디서 온 거지?"라고 물으니 자기는 일본 태생인데 일본에서 살다가 어릴 때 부모를 따라 이곳 시애틀에 왔단다. 그런데 부모들이 자기를 버리고 일본으로 돌아갔단다. ○○을 아무리 살펴보아도 일본 사람 같지 않고 미국 원주민 같아 보였다. 다시 물어봐도 자기는 일본 태생이란다(물론 대부분 망상이기도 하다).

우리 카운슬러들이 하는 일은 고객들의 정신과 생활을 살피고 상담해주는 일이지, 고객들 쇼핑을 해주는 일이 아니다. 원래는 고객들이 머무는 쉘터나 그룹홈 등에서 일하는 케이스 워커들이 고객들의 웰페어로 쇼핑을 함께 가주어야 하지만, 직원 모두들 너무 바쁘고 일이 밀리다 보니 쇼핑을 함께 가주는 일이 쉬운 일이 아니다.

○○은 어떤 때는 신발을 안 신고 나를 방문하기도 하고, 또 어떤 날에는 짝이 맞지 않은 신발을 신고 오기도 했다. 신발을 사 신으라고 몇 번씩 회사에서 돈을 인출해 주었는데, 벌써 세 번째 돈도 신발도 없어졌단다. 물어보면 횡설수설. 오늘 역시 나를 만나러 왔는데, 한쪽은 사이즈 13쯤 되는 남자운동화, 한 짝은 여자샌들이었다. 불편해 보이기도 하고 안 돼 보여 함께 쇼핑을 나왔다.

우리가 고객과 함께 쇼핑을 나서면, 더 많은 일이 밀린다. 쇼핑을 함께 해서 지나간 시간은 사무실에 보고해봤자 소용없는 일이니, 쇼핑하는 시간 만큼의 일이 더 쌓이는 것이다. 물론 월급을 받으니 잠깐 나갔다 오는 것이 무슨 대수냐고 할 수도 있지만, 정해진 업무가 아니기 때문에 시급은 포기해야 하는 것이 정당하다고 생각한다.

주문한 햄버거를 가지고 3가와 파이크 스트리트 앞 예쁜 색깔 벤치에 앉았다. ○○은 뭐가 그리도 신이 나는지 두 손을 하늘로 치켜올려 만세를 부르며 신나게 햄버거를 먹는다. 그러던 중 허리가 구부정하고 이빨이 다 빠진 홈리스 할아버지가 지나가니 ○○이 먹다 만 햄버거 반쪽과 프렌치 후라이 봉투를 가지고 가서 그 할아버지 손에 쥐어주었다. 그리고 자기는 콜라만 쭉쭉 들이키고 있었다. 정신 줄을 놓고 살아도(내 고객은 망상증 환자이다) 아픈 이들을 바라보는 그 마음이 따뜻해서 나는 눈시울이 붉어졌다.

○○과 내가 웨스턴몰에 있는 노스트롬렉으로 들어가려는데, 이곳 안전요원이 ○○의 행색을 보더니 길을 가로막고서는 "쇼핑하려면 돈이 있어야 한다"고 말한다. 이 모습을 보고 나는 깨달았다. 어디를 가도 홈리스나 정신질환자들의 출입은 저지당하니, 이들이 아예 쇼핑을 안 하려고 하는구나! 필요한 물건이 있어도 구입하기가 어렵겠구나, 생각이 들었다. 나는 ○○을 가로막고 있는 사람에게 다가가 내가 돈을 낼 것이라고 말했다. 그랬더니 그 옆에 있던 여자 직원이 마스크를 하고 들어가야 한단다.

나는 가방에서 마스크를 꺼내 ○○에게 씌워주고 나도 마스크를 쓴 후에 남자 구두 있는 곳으로 갔다. 이곳에 처음 들어와 본 듯한 ○○이 소리를 지르기 시작한다. ○○은 여기저기 스토어 안을 살피느라 정신없이 눈 돌리고 소리를 지른다. 나는 스토어 매니저에게 "어느 누구든 쇼핑의 자유가 보장되어야 하는데, 네가 여기서 지켜보는 게 여간 불편하다. 자리를 피해 달라"고 부탁했다. 그랬더니 매니저는 ○○이 이 신발, 저 신발 만지고 신어보니 다른 고객들이 불편할까 봐 그런단다. 나는 매니저의 태도에 조금 더 불편해져 누구나 신어보고 살 권리가 있다고 얘기하고 자리를 피해달라고 요구했다.

　나는 남자 신발 두 켤레를 집어 들고 내 고객을 불러 자리에 앉힌 후 신발을 신어보라고 했다. ○○은 또 무슨 생각이 났는지 별안간 허리를 숙여가며 배꼽 빠지게 웃기 시작한다. ○○이 웃는 모습에 사람들이 주위로 모여들었다. 아무래도 매장의 비즈니스에 영향을 줄 것 같아 내 고객을 진정시키고 신어보지도 못한 신발 두 켤레를 구입하고 가게에서 나왔다. 내 등과 머리에서는 식은땀이 주르르 흐르고 있었다. 밖으로 나와 ○○에게 신발을 신겨보니 다행히 신발은 아주 잘 맞았다. ○○이 벗어놓은 짝짝이 신발은 앞에 있는 쓰레기통에 넣어버렸다.

　"○○아, 너 그 신발 누구 주지 말고 네가 꼭 신어야 해?"라고 다짐을 받은 후, "신발이 떨어지면 내가 다른 신발 줄게"라고 말하니 잘 알겠단다.

　어느새 ○○은 스토어 앞에 있는 아이스크림 마차 앞에 떡하니 서 있다. 아이스크림을 먹고 싶다고 해서 콘을 하나 주문해서 내 고객 손에 쥐어주었다. 사무실로 돌아오는 내내 ○○은 함께 걸으며 춤추고 중얼거리고 통제불능이다. 그 모습을 지켜보며 생각한다.

　"도대체 우리는 이들에게 어떠한 존재일까?"

무슨 말을 해주어야 하나?

"글쎄….'

대답할 수 없어 그냥 머뭇거리며 얼버무리고 말았다.

"레지나, 나 다시 그곳으로 돌아갈 수 있는 거지?"

"음음, 그래. 우리 한번 최선을 다해 보자구! 그러니까 힘들 어도 자주 일어나서 움직이며 운동해야 해!"

내 말을 들은 ○○은 누워있던 자리에서 일어나 보려고 애를 쓴다. 그러나 몸을 지탱할 수 있는 힘이 안 생겨서 한참을 침대에서 끙끙거린다. 6척(약 180㎝) 거구인 ○○의 몸은 침대에서 겨우 들썩이기만 할 뿐, 영 일어설 기미가 보이지 않는다. ○○은 병원에 실려 와서도 의식을 회복하지 못하고 한 달을 지내고, 석 달이 넘어서야 겨우 말을 다시 할 수 있었다. 코로나 때문에 환자 방문이 취소되고 나는 내 고객 ○○을 만나려면 화상미팅을 해야만 했다.

○○은 쉰여섯 살 아프리카계 미국인이었다. 젊었을 때 해군

으로 복무하면서 스페인에서 만난 여자와 결혼해서 세 아이를 낳고 살다가 망상증이 나타나 아내와 이혼했다. 아내는 세 아이를 데리고 스페인으로 다시 돌아갔다. ○○은 그때부터 홈리스가 되어 길거리를 방황하다 9년 전 우리 프로그램 아웃리치 팀에 발견되어 그때부터 우리 프로그램에 들어와 우리가 운영하는 그룹홈에서 살고 있었다.

팬데믹으로 ○○과 편하게 지내던 간호사가 그만두고 나서 ○○은 새로운 간호사와 잘 지내지 못하는 바람에 약을 제대로 챙겨먹지 못했다. 망상증이 심해진 ○○이 집에 불을 질렀다. 얼마 후 6층 아파트에서 투신해서 911에 실려 갔다고 했다. 이렇게 해서 ○○의 하버뷰병원 생활이 시작되었다. ○○은 거의 6개월간 생명 보조장치를 했는데, 기적적으로 다시 살아났다.

오래 만나다 보니 ○○은 우리 카운슬러들을 가족같이 느끼고 있는 듯했다. 약을 복용할 때 ○○을 보면 일반적인 사람들하고 다름이 없었다. 그런데 약을 끊고 하루 이틀이 지나면 벌써 눈가가 빨개지고 얼굴이 험한 인상이 된다. 두서없는 이야기들을 하면서 쓸데없는 것(망상)들을 본다. 마치 망상 속의 주인공들이 옆에 있는 것처럼 이야기하기도 한다. 물론 개인마다 다르지만 ○○은 그랬다. 약을 복용하면 마음씨 좋은 미국 시골 농부처럼 후한 인상과 부드러운 말씨, 그리고 싱긋 웃는 모습이 여느 정상적인 사람들하고 똑같았다.

○○이 6층에서 뛰어내린 이유는 아무도 정확히 모른다. 병

원 생활을 하면서 정신적인 상태가 정상으로 돌아오자 ○○은 나에게 설명했다.

"레지나, 미안해. 나는 뛰어내린 게 아니고 창문을 열다가 창문이 떨어져 나가면서 함께 떨어진 거야. 레지나, 나 여기서 퇴원하면 네가 하는 쿠킹테라피에도 갈 거고, 네가 데리고 가준 동물원에도 가고 싶어."

팬데믹으로 잠시 멈추었지만, 나는 우리 사무실에서 정신줄 놓은 홈리스 고객들을 상대로 쿠킹테라피 교육을 하고 있었다. 이들과 쿠킹하는 과정을 통해서 서로 소통하고 대화한다. 또, 세 달에 한 번씩은 이들과 함께 훌륭한 레스토랑에 가서 음식을 주문해 먹으며 일반적인 삶을 알려주려고 했다. 우리 사무실 카운슬러들은 각자의 탤런트를 사용해서 뮤직테라피, 운동테라피, 쇼핑테라피 등을 하면서 우리 고객들의 삶을 한층 업그레이드 시켜주고자 한다.

내 고객 ○○이 이렇게 작은 기억들 덕분에 행복을 느끼고 삶의 끈을 놓지 않고 있는데, 자기가 회복이 될 줄로 알고 있는데, 나는 ○○에게 뭐라고 말을 해주어야 하는지….

잠시 동안 살아가는 세상

　시카고에서 공부를 마치고 하와이로 옮겨가 하게 된 일이 그곳 지역 학교 카운슬러 일이었다. 그때 하와이는 카운슬러 한 명을 고용해 학군 내 세 군데 초등학교를 맡겼다. 내가 맡은 학교는 오하우섬에 마카킬로 지역의 초등학교와 2차대전 중에 엄청난 전쟁의 흔적으로 난파된 배를 전시하고 있는 펄하버, 그리고 가까이에 있던 리후아 초등학교였다.

　나는 일주일에 세 지역의 학교들을 돌면서 학교에 적응하기 어려운 아이들, 부모와 관계에서 힘들어하는 아이들, 경제적으로 궁핍한 가정의 아이들을 위하여 특별활동을 만들고 이 아이들이 평범하면서도 제대로 자랄 수 있기를 고대하며 최선을 다하여 아이들과 함께했다.

　하와이에는 아시아 이민자들이 많은데, 이들 자녀들은 대부분 여유롭게 살고 있는 반면, 오히려 많은 하와이안 아이 가정들이 정부 보조에 의지하여 살았다. 아주 오래전 하와이에 돈 많은 일본 사람과 중국 사람들이 몰려들어 앞다투어 집을 사면서 집값을 올려놓았다. 원주민들은 집을 팔 때 부과되는 세금을 내지 못하여 정부 보조에 의지하게 된 것이다.

나는 방과 후 과외 프로그램을 만들었다. 아이들을 가르칠 수 있는 청소년들에게 봉사 시간을 만들어 어린아이들의 공부와 게임을 돕게 하면서, 방과 후에 하와이 바닷가를 누비고 지냈다. 물론 우리 집 두 아이도 함께 참여시켰다. 그때 큰아이가 초등학교 3학년, 작은아이가 1학년이었다.

그러다 시애틀로 이주했다. 잠시 살다가는 세상인데, 우리는 천만년을 살 것 같은 생각을 가지고 살아갈 때가 많다. 아니, 어쩌면 내가 그런지도 모르겠다. 그래서인지 요즈음은 함께 살아가야 한다는 생각이 더 든다. 어떤 이들은 사람들을 이끌며, 어떤 이들은 사람들을 밀어주며 어떤 이들은 이들과 함께 걸어가면서 삶을 나눈다. 나에게는 홈리스 가정들, 그리고 저소득층, 정신적인 문제들을 갖고 있는 사람들, 중독자들이 많이 찾아온다. 가끔 일을 하다 보면 이들과의 일이 너무 많고 벅차서 숨이 찰 때가 있다.

두 해 전부터 마흔여섯 살 한인교포 2세 청년이 나를 찾아오고 있다. 그 청년은 초등학교 1학년 때 미국에 왔다. 부모님은 미국 생활에 적응하느라 어린 꼬마를 집에 두고 일터로 다녔다. 먹을 것을 차려놓고는 공장에서 일하다가 가끔 아이에게 전화를 걸어 잘 있는지 확인했다. 아이는 혼자 밥 먹고, 혼자 놀고, 혼자 학교에 다니다가 중학생이 되었다. 자기를 아껴주는 동네 멕시칸 형님들하고 친하게 지내면서 갱단에 합류하게 되었다. 그후 온갖 범죄에 가담하고 나중에는 코카인까지 하면서 결국 중독자가 되었다. 아이는 감옥을 제집처럼 드나들면서 부모님의 집에서 값진 물건들을 훔쳐 팔아 약을 하고 결국은 자기가 갖고 있던 시민권 번호까지 팔아넘겼다. 어느 누군가가 이 청년의 소셜넘버와 시민권 번호를 가지고 베네핏을 타고 있으니 이 친구는 영락없는 유령인간이 된 것이다.

이젠 나이도 들고 몸도 망가져 버린 이 친구의 베네핏을 찾으러 이민국을 몇 번이나 드나들었는지 모르겠다. 지금은 그룹홈에 살면서 우리의 도움을 받고 있는데, 볼수록 마음이 너무 아프다. 시애틀 저소득층 집 사정이 너무 어렵기 때문에 이곳에서 쫓겨나면 길바닥으로 나가야 한다. 여름에는 어떻게 버틴다고 하여도 시애틀의 겨울은 불어오는 비바람과 살을 에는 듯한 추위 때문에 노숙 생활을 견디기 힘들다.

나를 찾아오는 홈리스 중에 시각장애를 가진 백인 중독자가 있다. 아무리 생각해도 이 친구가 지금까지 어떻게 홈리스 생활을 했는지 궁금하다. 눈이 보여도 집이 아닌 길거리에서 생활하는 것이 어려운데, 어찌 그동안 살았는가 싶어서 이 친구만 보면 가슴이 아프다. 이 친구의 서류에는 어릴 적 부모에게 버림받았다고 나와 있다. 그 많은 세월을 어찌 살아왔는지! 이 친구의 베네핏을 위해 최선을 다해 서류를 작성하고 무료 변호사를 찾아내어 함께 잊어버린 소셜넘버를 찾아 돌려줬다. 이제 두 달 후면 이 친구는 평생 처음으로 자기만의 아파트에 입주한다.

며칠 전 이 친구가 로비에서 나를 기다리고 있다가 내 손을 잡고 사무실로 따라 들어오며 다시 나를 만나러 오고 싶다고 말했다. 나는 그에게 이 사무실에 근무하는 한 그를 꼭 만나주겠다고 약속했다. 그 친구는 감격해서 감긴 눈 사이로 눈물을 흘린다. 나는 그동안 이 친구의 베네핏을 찾아내느라 얼마나 몸이 힘이 들었던지 폐렴이 심해져 2주간 직장도 쉬고 병원 신세를 졌다.

내가 선택한 나의 일은 사람들을 일으켜 세워야 하는 일이다. 하지만 난 여전히 많이 부족하다. 그래서 더욱 노력한다. 내 어머니, 내 할아버지가 그러하셨듯이 이들을 도우며 함께 살아갈 수 있는 삶이 나에게는 큰 즐거움이자 행복이다.

웰페어

오늘은 우리 사무실에서 운영하는 그룹홈 형태의 아파트를 방문한다. 이 아파트는 정신질환을 갖고 있거나 약물에 중독된 사람들이 거주하면서 이곳에 상주해있는 간호사, 케이스 매니저들의 도움을 받아 치료를 받으며 일상적인 생활을 하고 있는 곳이다. 이곳에서는 매일 아침 식사와 저녁 식사가 제공되고, 점심은 가끔 자원봉사자들의 손길로 만들어진 런치 박스나 햄버거 등이 제공된다. 이곳에 방글라데시인 내 고객 ○○이 살고 있다.

요즈음은 마스크를 쓰는 것이 일반화되어 얼마나 다행인지 모른다. 이곳을 방문할 때면 나는 시중에서 팔고 있는 허브 오일(주로 라벤더나 민트)을 사용하여 손목이나 목 중간에 살짝 바른다. 허브 오일은 방안의 냄새를 중화시키는 데 조금 도움이 된다. 나는 주로 이들을 이곳의 컨퍼런스 방으로 오라고 해서 정신 상담을 하지만, 한 달에 한 번씩은 이들이 살고 있는 방안의 위생 상태를 점검한다.

그의 방에 들어가서 옷이 떨어진 것을 보고 기부받은 옷을 갖다 주겠다고 했더니, 그는 자기 나라 옷을 입고 싶다고 했다. ○○은 인도 의상 같은 사리 옷을 늘 입고 있었다. 지난해 여름 세리토스 지역 인도 가게에서 옷(사리)을 사서 그에게 보여줬는데, 자기가 원하는 것이 아니라고 했다.

며칠 후 ○○의 허락을 받아 ○○의 소식을 알고 싶어 하는 오빠에게 연락했다. 오빠는 동생의 안부를 물으며 부인이 반대하기 때문에 동생과는 같이 살 수 없다고 했다. ○○의 오빠는 동생에게 정신적인 문제가 있기는 했지만, 약간의 경중으로, 헛것을 보다가도 정상적으로 돌아오고는 했단다. 동생이 시애틀의 다운타운 거리로 이사 가더니, 그때부터 길거리로 나돌게 된 것 같단다. 이제 동생이 자기에게 돌아와도 이곳에서는 동생을 돌볼 수 없다며, 그래도 그곳에 있는 프로그램이 좋아서 정말 다행이라고 말했다. 나는 그 말이 이해가 되어서 알았다고 말한 후 전화를 마쳤다.

한 달 전 주정부 소셜시큐리티(사회보장) 사무실에서 내 고객 ○○을 담당하는 이와 통화했는데, 다음 달부터는 ○○의 웰페어가 끊기고, 메디캐이드(빈곤층을 위한 의료보험) 혜택도 끊을 수밖에 없단다. 그 이유는 ○○이 은행 계좌에 1만3000달러가 있다는 것이다(웰페어는 계좌에 2000달러 이상 있으면 안 된다). 방글라데시 말을 하는 통역사를 고용해서 ○○에게 이에 대해 3시간 동안 이야기했는데, 이해하지 못하는 눈치다.

○○은 자신이 안 쓰고 모아서 만든 돈을 왜 한꺼번에 써야하는지에 대해 납득하기 어려워했다. 한참이나 더 설명한 후에야 이해가 되었는지, 그 돈으로 전부 그로서리를 사겠다고 했다. 하지만 산 것들을 보관할 곳도 마땅치 않기에 이 돈을 정부에 모두 돌려주고 매달 받는 혜택을 지속적으로 받으면 어떻겠느냐고 제안했다. 그제야 ○○이 그리하겠다며 당장 은행으로 가자고 했다. 아마도 그 돈 때문에 모든 혜택이 중지되고, 들어오는 수입이 없을 경우 거주하는 곳에서도 나가야 한다는 것을 이해한 듯하였다.

거의 한 시간을 걸어서 은행에 도착했다. 나와 ○○은 은행 창구로 가서 ○○의 신분증을 보여주고 창구직원에게 내 사무실 배지와 명함을 보여주며 자초지종을 설명했다. ○○의 계좌 모든 돈을 현금으로 만들어 소셜시큐리티국으로 보내달라고 했다. 창구직원은 잠깐만 기다리라며 나와 ○○의 신원조회를 한 후 캐시어 체크를 만들어주었다.

자기 통장의 모든 돈이 현금으로 바뀌자 ○○이 별안간 눈물을 흘린다. ○○은 어눌한 말투로 "레지나, 내가 사 먹고 싶은 것 안 사 먹고 돈을 모아서 방글라데시의 배고픈 우리 엄마 아빠에게 보내주려고 했는데, 돈을 보낼 줄 몰라서 그냥 은행에 넣고 있었어"라며 눈물을 흘렸다.

나는 이 돈의 출처를 알고 싶어 은행 직원에게 통장 입출금 내역서를 떼어달라고 했고, 내역서를 받아보고 나서야, 돈이 은행에 들어간 이유가 이해되었다. ○○은 매주 우리 사무실에서 주는 돈을 1만3000달러가 되도록 현금으로 갖고 있다가 두 달 전 은행에 입금한 것이었다. 그러나 나는 아직도 망상중 환자에 지능도 약간 부족한 ○○이 어떻게 통장을 개설했는지 궁금할 뿐이다.

○○의 이번 해프닝을 보면서 예전에 내 고객이었던 한국 할머니가 생각났다. 할머니는 젊었을 때 한국에서 용산의 미군 부대에서 도우미로 일하던 중 그곳에서 소개로 알게 된 미국분과 재혼해 미국으로 오게 되었다. 남편이 주는 생활비를 아끼고 아껴서 한국의 성장한 자녀들에게 매달 돈을 부쳐달라고 해서 내가 은행에 가서 돈을 부치는 일을 도와주었다. 나중에 남편이 죽고 나자 할머니는 정부에서 주는 혜택을 받게 되었는데, 그 돈 중 3분의 2를 한국의 자녀들에게 보내려고 했다. 본인은 정부 아파트에 살면서 차이나타운 마켓 등에서 버리는 야채를 갖다가 국을 끓여 먹고 푸드뱅크에서 주는 것으로만 살아가셨는데도 말이다.

나중에 내가 웰페어는 미국 정부가 할머님을 위해 주는 것이지 그 돈을 자녀들에게 보내면 안 된다고 말하며 할머님이 사드시고 싶은 것 다 사드셔야 한다고 설명해드렸다. 내가 그 돈을 할머니 자식들에게 보내드릴 수 없다고 하니(미국에서 웰페어 받는 분들의 법이다) 이분이 나에게 사정 사정을 하며 "레지나 씨, 자식이 어려운데 어떻게 내가 이 돈을 다 써요"라며 눈물짓던 생각이 났다. 그래도 법은 지켜야 하기 때문에 그 돈을 한국에 보내는 것을 도와드릴 수 없었다. 그래도 할머님은 다른 루트를 통해 돈을 지속적으로 자식들에게 보낸 듯하다.

할머님은 오래전 운명을 달리하셨다. 당뇨병으로 인하여 발가락을 네 개나 절단하고도 다운타운에 유모차(물건을 담으려고 굿윌스토어에서 구해서)를 끌고 다니며 콜라 캔도 줍고 야채도 집어가시던 그 할머님의 모습이 아직도 눈에 선하다.

어떻게 인생을 마무리할 것인가?

우리 사무실에는 아침이면 거리에서 헤매는 이들이 거쳐 간 흔적으로 아수라장이 된 로비를 정리하는 청소부가 있다. 청소부가 청소를 열심히 해도 이들이 어지럽히는 속도를 따라갈 수 없었다.

그 청소부는 30대 초반의 아랍계통 여자였는데, 머리엔 히잡을 두르고 늘 회색빛의 롱치마를 입었다. 지저분하고 더러운 곳을 치우면서도 항상 흥얼거리며 일을 했다. 그는 항상 기쁘고 즐겁게 일을 하다가도 직원들이나 우리 고객들이 아무 데나 휴지나 캔 등을 버릴 경우 눈썹을 치켜세우며 휴지를 버린 당사자 앞으로 다가가 훈계를 하고는 했다. 난 여기에 붙어서 너희들이 잘못 버린 것들을 정리하려고만 일하는 것이 아니니, 휴지는 휴지통에 버리고 캔은 캔 버리는 곳에 집어넣고 플라스틱도 제대로 버려주기 바란다고 당당히 말했다.

이 젊은 청소부 여인과는 눈인사만 하며 지내다 몇 년 전 어느 날 말을 걸어볼 시간이 있었다. 그는 그 맑고 깊은 눈을 빤

짝이며 마치 자기를 찾아주기를 기다린 사람처럼 반가워하며 옆에 비어있는 의자에 앉아 얘기를 시작했다. 자기는 아랍 사람이고, 미국에 온 지는 몇 년이 안 되었다고 했다. 그가 열세 살 되던 해에 부모님이 동네에 사는 부자인 50대 남성에게 지참금을 받고 원치 않는 결혼을 시켰다고 했다. 그때 그가 살고 있는 지역에 한국에서 온 선교사들이 운영하는 미션센터가 있었는데, 그곳에서는 가난해서 학교에 가지를 못하는 아이들을 무료로 가르쳐주고 있었다. 시집을 가기 전 그는 그 무료학교에서 글 쓰는 법을 배울 수 있었다고 했다. 그 사람들은 종교에 대해서는 말하지 않고 잘살아가려면 여자도 공부해야 한다고 알려주었단다. 그녀가 나를 좋아하는 이유 중 하나가 내가 한국 사람이기 때문이란다. 이 이야기를 할 때 그의 아름답고 깊은 눈에 눈물이 깊게 고여있었다. 어린 나이에 시집을 간 그는 먼저 집안에 살고 있던 세 부인의 마음에 들기 위해 온갖 궂은 일을 해야 했다. 남편과의 관계도 너무 힘들었다고 했다.

시간의 여유가 생겨 그를 찾아가 함께 점심을 하자고 하니, 그는 너무나 반가워하면서도 나가서 먹을 돈이 없단다. 돈을 모아 자기 나라에 살고 있는 가족들과 부모님에게 보내주어야 하기 때문이라고 했다. 그와 나는 사무실 근처에 있는 미국식당에 들어가 맛있는 점심을 시켜 먹으면서 그의 얘기를 더 들어보았다.

아기가 생기지 않자 남편의 폭력이 계속되었다. 가족의 도움을 받을 수 없었기에 탈출하기로 마음먹고 무작정 미군 여성보호소가 있는 곳으로 11시간을 걸어서 찾아갔다고 했다. 그곳에서 6개월 동안 지내던 중 다민족 여성 보호기관의 도움으로 다른 나라로 갔다가 1년을 지낸 후 미국으로 오게 되었단다. 시애틀에 와서는 모슬렘 단체의 도움을 받아 우리 사무실 청소부로 일하게 되었단다.

나는 이 젊은 모슬렘 여자를 도와주어야겠다고 작심하고 며칠 후 그를 다시 만나 질문을 해보았다. "너는 어떻게 인생을 마치고 싶은 거니?" 인생의 시작은 누구나 같을 수 없지만(빈부의 차이 학식의 차이 등등으로) 인생을 어떻게 마칠 것인가는 본인의 선택과 과정의 결과라고 얘기를 해주었다. 그는 동그랗고 맑은 눈을 크게 뜨며 나를 쳐다보았다. "물론 청소부도 귀한 일이지만, 내가 생각하기에는 네가 공부를 하면 좋겠다"고 말하니 어떻게 공부를 할 수 있냐고 내게 묻는다. 이날 나는 그에게 다운타운 센트럴 커뮤니티칼리지의 고등학교 과정을 소개해주고, 그곳 학교에서 학생들을 가르치는 미국 친구에게 전화를 걸어놓았다.

그가 학교에 다닌 지 얼마 되지 않아 팬데믹이 시작되었다. 감사하게도 그는 온라인으로 공부를 계속하였고 지금은 꽤나 진도가 많이 나갔다. 이제는 영어도 곧잘하여 휴지를 아무 데나 버리는 이들에게 야단도 칠 수 있다. 내년쯤이면 그는 고등학교 졸업 자격증을 받을 수 있을 것이다. 나는 그의 멘토가 되어 가끔 밥도 사주고 자주 얘기를 해주었다. "누가 뭐래도 너는 너를 사랑해야 해. 너는 귀한 사람이야!" 그리고 무슨 일을 하든지 그 일에 최선을 다하고 항상 당당해져야 한다고 말한다.

아엠 코레아나 유대인

1980년대 미국은 세계인들에게 환상의 나라였다. 지금의 미국은 예전보다는 못하지만, 아직도 저소득 국가에 사는 사람들에게는 오고 싶은 곳, 와서 살고 싶은 곳이다. 며칠 전 친한 유대인 친구가 자기의 생일이라며 나를 초대해주었다. 유대인들이 자기들만의 모임에 다른 민족인 나를 초청한다는 것은 나를 가족처럼 생각한다는 뜻이기도 했다. 나와 한 직장을 다니는 친구는 의사 부인으로, 가정주부로 살다가 몇 년 전 50대의 나이에 대학원에 진학하여 사회복지를 전공한 후에 첫 직장으로 우리 사무실을 택했다. 나와 같은 부서에서 일한 지는 4년이 되었다. 이 친구와 나는 우연히도 같은 동네의 몇 블록 거리에 살고 있어 가끔 직장을 떠나서도 차 한잔 마시며 동네 산책을 함께한다. 나는 친구의 생일잔치에 참석하면서 유대인들의 단합성을 다시 한번 보게 되었다.

내 친구 집에는 8개월 전에 유대인 비영리단체에서 위탁받은 라틴계 청년 한 명이 함께 거주하고 있었다. 청년은 온두라스 출신으로, 키가 아주 작고 몸집이 왜소하며 웃을 때 미소가 천진난만해 보이는 스물한 살 청년이다. 어찌 보면 아직 자라고 있는 어린아이 같은 모습이었다. 이 청년은 이 식당에서 허드렛일을 도우면서 언어도 배우고 용돈도 받아쓰고 있는데, 아직 일을 할 수 없기 때문에 지금은 그냥 봉사자로서 이곳 식당 일을 도우면서 배우고 있다. 이날 우리 친구 그룹 다섯 명과 다양한 이탈리안 음식을 시켜 먹으며 얘기꽃을 피우는데, 화제의 중심은 이 청년의 이야기였다.

청년은 학교에 다닌 적도 없는데 혼자서 자기네 말을 익혔다고 한다. 가정형편이 어려웠던 청년은 물건을 나르는 일을 하게 되었는데 어느 날 청년이 나르던 물건을 나쁜 조직에 강탈당했다. 청년은 변상을 못 하면 죽게 될 상황이었지만, 청년의 가정에서도 물건을 변상할 능력이 없었다. 이때 지역의 선한 사람들의 도움으로 청년은 보호를 받으며 머나먼 길을 떠나게 되었는데, 그때 나이가 열일곱 살이었다. 청년은 한 달을 매일매일 걸어서 멕시코 국경까지 오게 된 것이었다.

내 친구와 유대인 그룹들은 이 청년이 미국에서 살아갈 수 있도록 거주신청을 하고 있는 중인데, 그 과정이 적게는 2년, 길게는 몇 년이 걸린다고 한다. 그동안 유대인 비영리단체에서는 이 청년뿐만 아니라 자기들의 도움을 받는 청년들을 교대로 돌보아주면서 자립을 돕고 있었다. 이들(유대인 그룹들)이 어려움에 처한 이들을 얼마나 조직적으로 잘 돕고 있는지를 보면서 감동 받았다.

식사 중에 이 청년이 다가와 나에게 어눌한 영어로 묻는다.

"여기 사람들은 모두 유대인인데, 당신은 어느 나라 사람인가요?"

마침 엄마의 생일파티를 축하해주러 식당에 들어선 내 친구의 아들이 유창한 스페인어로 청년의 질문을 나에게 전달해주고, 내 대답을 청년에게 전하여준다.

"아엠 코레아나 유대인."

나의 말에 유대인 친구 다섯 명이 모두 박장대소했다.

잠시 살아가는 세상에서 우리가 가진 것을 나눌 수 있는 것은 행복이다. 오늘 유대인 친구들에게서 많은 교훈을 받았다.

자립을 돕는 손

가톨릭 커뮤니티 서비스라는 비영리단체가 미국사회나 세계에서 큰 힘을 발휘하고 있는 것을 여타 비영리단체에서 일하는 분들은 이미 잘 알고 있다. 특히 워싱턴주에서는 경제적으로 어렵고 문제가 생겨 외부 도움이 필요한 가정을 위한 프로그램을 마련했다. 렌트비가 부족해 쫓겨날 상황에 놓인 가정, 직장을 잃어 생활이 어려운 분들이 가톨릭 단체의 도움을 받으며 직장도 찾고 가정도 회복해가며 자립해나가고 있다.

물론 우리 사무실에서도 노숙자들이나 정신적인 질병이 있는 사람들을 위한 프로그램으로 지역사회를 돕고 있다. 지난 두 해 동안 코로나로 인해 어려움이 있었으나, 우리 사무실 고객들이 도움을 더 받을 수 있게 된 것은 가톨릭 단체의 하우징 프로그램 덕분이었다.

가톨릭 단체에서 하고 있는 일 가운데 'HEN(헨)'이라는 프로그램이 있다. HEN은 'HOUSING ESSENTIAL NEED'라는 뜻으로, 렌트비를 지불해주는 프로그램이다. 렌트비를 낼 수 없는 가정이 1년 동안 경제적인 도움을 받으며 직장도 찾고 돈을 모아 다음 단계로 나갈 수 있도록 하는 자립프로그램이다. 지난주에는 내 노숙자 고객 중 두 사람이 헨프로그램을 통해 작은 아파트를 구해 자립하게 되었다.

그중 한 사람은 루이지애나의 큰 홍수(카트리나) 때 모든 것을 잃고 시애틀까지 오게 되었는데, 이곳에 와서 길거리를 배회하던 중 3년 전 우리 도움을 받게 되었다. 훤칠한 키에 잘생긴 얼굴에 맑은 눈동자를 가진, 인상이 좋은 아프리카계 미국인 중장년(49세)이었다. 그는 헨프로그램의 도움으로 다운타운의 비영리단체에서 청소부 일을 하게 되었다. 그는 1년 동안 돈을 모으며 정신과 상담도 받고 필요한 것들을 제공받았는데, 며칠 전 헨과의 1년 계약기간이 만료되었고, 그동안 도움을 받으면서 살고 있던 아파트를 나와서 혼자서 독립할 수 있게 되었다. 새로운 장소로 이전하면서 나를 만나러 왔는데, 이 고객이 나와 의사들의 도움으로 중독에서 벗어나 바로살 수 있게 되었다며 눈물을 흘렸다.

물론 이 고객이 이렇게 자립할 수 있게 된 것은 우리 사무실, 가톨릭 커뮤니티 서비스, 노스웨스트 변호사협회 등 여러 단체가 참여하여 모두 책임의식을 갖고 이 한 사람의 바른 자립생활을 위하여 노력한 결과였다.

삶은 참으로 재미있다. 모든 사람이 마음을 합하여 가진 것을 나누고 서로 도우니 한 사람의 생명을 다시 새롭게 살 수 있게 할 수 있으니 말이다. 이 고객은 지속적으로 우리 사무실의 정신과 상담을 받으며 도움을 받을 것이다. 물론 지난달까지는 모든 비용이 무료였지만, 앞으로는 수입에 비례해 계산하면서 혜택을 받을 수 있다. 평범한 사람으로서의 삶이 시작된 것이다.

지난해 다운타운 시애틀에 한국인 노숙자 한 분이 있다는 전화를 받게 되었다. 시간을 쪼개어 이분이 지내고 있는 거리를 방문해보니 아직 젊은 청장년인데 불법체류자 신분이었다. 어떻게든 이분에게 도움을 주고자 여러 곳에 연락해보았지만, 이분이 받을 수 있는 혜택이 거의 없었다. 1980~1990년대 미국은 영주권이 없는 사람들에게 도움을 줄 수 있는 많은 길이 있었는데, 2000년도에 들어서면서 이분들에게 줄 수 있는 혜택이 거의 없어지기 시작했다.

시애틀시 안에는 몇몇 한인 노숙자들이 추운 곳에서 지내고 있다. 가끔 나의 가족들과 가까운 친구들이 노숙자들에게 사용하라고 기프트카드를 주는데, 나는 이 기프트카드를 갖고 이들을 방문한다. 우리는 이들을 돕는 전문가들이라 어쩔 수 없이 만나지만, 이들은 외부 사람들에게 자기의 어려운 모습을 보여주고 싶어 하지 않는다. 어쩌면 같은 한국 사람을 보는 것을 부끄럽게 생각하는 것 같다.

한해가 또 지나간다. 한인사회가 우리 동포들의 생활 향상에 많은 도움을 줄 수 있는 사회로 자라나기를 기대해본다. 그러기 위해서는 각 단체의 특별활동도 매우 중요하지만 이민 사회의 그늘진 곳을 바라보며 도울 수 있는 재원도 확보해야 한다고 생각한다.

친절한 언니

모든 사람은 삶을 제대로 살아가야 할 권리가 있다. 우리는 그 누구라도 제대로 살아갈 수 있도록 옆에서 돌봐주는 자세를 가져야 한다고 생각한다.

내가 이분을 안 지는 거의 50여 년이 되어간다. 이분의 큰딸과 나는 같은 교회를 다녔는데, 어릴 적 이분의 집은 우리가 생각하는 것 이상으로 넉넉했다. 학교를 마치고 친구 집에 가면 하얀 대리석이 깔린 집에, 일하는 분들이 두 명이나 되었다. 우리가 그집 복도를 끝에서 끝까지 뛰어다녀도 집이 하도 넓고 길어서 뛰어다니는 소리도 나지 않았다.

세월이 흐르고 1980년 초 나는 미국에 와서 살게 되었고, 1986년도에 공부를 마치고 남편의 직장을 따라 한국분들이 몇분 살고 있지 않은 위스콘신 시골 마을에서 살게 되었다. 이미 두 딸 아이(큰아이는 일곱 살, 둘째 아이가 다섯 살)가 있었는데, 막내로 아들이 태어났다. 세 아이를 키우는 게 너무나 벅차고 힘들다고 생각하던 어느 날 한국에서 전화를 받았다. 전화의 주인공은 예전에 함께 교회 생활을 하던 그 부잣집 친구의 어머니셨다.

이분이 미국에 가고 싶다며 데려가줄 수 없느냐고 했다.

나는 아무런 내용도 물어보지 않고 "무조건 오세요. 오셔서 우리 아이들 돌봐주시면 제가 비용 드릴게요"라고 말씀드렸다. 당시 시어머니는 힘들게 아이를 셋씩이나 낳았다고 나무라셨고, 남편(나의 아버지)을 잃은 지 얼마 되지 않은 친정엄마에게 아이들 양육을 도와달라고 부탁할 수 없었다.

나와 전화 통화를 마친 후 한 달 후 친구의 어머님은 우리가 사는 위스콘신으로 오셨다. 친구의 아버지께서는 큰 사업을 하셨는데 동업하는 친구의 속임에 넘어가 운영하던 사업체와 집 등 모든 재산을 잃고 화병으로 돌아가셨단다. 친구가 대학교 1학년 때의 일이란다. 마흔두 살에 혼자가 되셨지만, 워낙에 친구 어머님 친정이 잘 살아 친정의 도움으로 아들과 딸을 잘 키울 수 있었다고 했다. 마침내 아들이 결혼해서 아들 부부와 함께 살게 되었는데, 아들 며느리와 갈등과 불화가 생겨 힘들어하다 나에게 연락하고 미국으로 건너오게 되셨단다.

마침 나는 하던 공부를 마쳐야겠기에 마음 놓고 아이들을 돌봐줄 사람이 필요했던 터였다. 이분께 세 아이와 살림을 맡긴 후 하던 공부를 하게 되었다. 그렇게 한동안 우리 아이들을 돌보며 우리와 함께 생활하셨다. 한국에서 신학대학 학위를 받은 친구 어머님은 나중에 세리토스에 있는 어느 교회에 여전도사님으로 가게 되었다.

친구 어머님이 세리토스로 떠나기 바로 전 친구 부부가 엘에

이(LA)로 이민 오게 되어 친구와 친구 어머님은 한집에서 살게 되었다. 다시 만난 친구는 예전에 청순하고 피아노 잘 치고 그림 잘 그리던 예쁜 부잣집 미대생의 모습은 흐려지고 억척스럽고 강해 보였다. 친구보다 네 살 어린 남편은 가정도 돌보지 않고 독립하고 싶다며 밖으로 겉돌고 있었다. 결국 친구는 남편의 도박으로 모든 재산을 잃고 혼자가 되어 두 아들을 키우게 되었다. 친구는 미용학교에 등록해서 헤어드레서 라이선스(자격증)를 땄고, 미용실을 다니면서 기술을 익힌 얼마 후 자기가 운영하는 미용실을 갖게 되었다.

이제 연세가 여든한 살이 된 친구 어머님은 치매가 와서 30년 전의 기억은 뚜렷하면서도, 어젯밤 이야기, 조금 전의 행동 등은 전혀 기억을 못 하시게 되었다. 두 아들을 20년간 혼자 키우며 어머니를 돌보던 친구는 삶의 고단함 때문인지 신경이 날카로워져서 어머님에게 자주 목소리를 높였다.

친구와 친구 어머님은 갈등이 심해 보였는데, 이러한 상황을 지켜보던 내가 어머님을 양로원에 보내드릴 것을 권면하였다. 이때 내 말을 알아들은 친구 어머님이 "당신이 누군데 나를 양로원에 보내려고 하느냐"며 호통치시며 펄쩍 뛰시다가 잘 키운 딸이 자신을 잘 돌보지 않는다고 개탄했다. 친구는 어머님이 양로원에 가면 상태가 더 심해질 것이라며 양로원에 가면 누가 말을 붙여주고 누가 함께해주냐면서 절대로 안 된다고 했다. 좋은 양로원을 선택해서 어머님을 그리로 보내어 프로그램에 참여하고 지내시게 하면 생활에 안정이 올 거라고 설명해주었는데도 친구는 머리를 절레절레 흔든다.

저녁식사 때가 되어 함께 나오려는데, 친구 어머님이 내 신발을 감추셨다. 친구 어머님 방안의 옷장 안 두 번째 서랍 안에서 내 신발을 찾아냈다. 왜 거기에 신발을 두셨나 물어보니 자기는 모르는 일이란다. 저녁에 친구 어머님을 모시고 파스타를 사드리며 내가 누구냐고 물었다. 친구 어머니는 얼굴에 미소를 함빡 머금고 나를 빤히 쳐다보며 대답을 하신다.

"응, 친절한 언니야!"

우리의 노화 속도를 느리게 하기 위해서는 서로 사랑해야 한다. 서로 알아주고, 서로 아껴주며, 서로 이해해주고, 서로 위로해주는 것이 천천히 늙는 방법 중 하나이다.

레드 컨버터블

바이러스가 온몸 구석구석을 찾아 스며들었나 보다. 코로나로 투병하다 몸이 회복되기를 기다린 지가 한 달이 넘었는데도 아직 손가락 마디마디가 아프다. 밤이면 기침을 하느라 잠을 푹 못 자고, 뒤척이다 일어나면 몸이 말이 아닌데, 그래도 오랫동안 자리를 비워 사무실 상황이 염려되어 출근했다. 두 시간 정도 사무실에서 고객들을 만나고 서류에 묻혀있다 보면 몸이 또다시 신호를 보낸다. 마치 내 몸 안에 충전되었던 전력이 다 방전되어 하나도 남아 있지 않은 것과 같은 느낌이랄까?

돌아가신 내 고객 중 한 분의 이야기다. 이분은 대한민국 최고의 대학과 대학원을 나왔지만, 망상증세로 인하여 거의 20년 이상을 시애틀 거리를 거닐며 홈리스 생활을 해왔다. 이분이 돌아가시기 오래전 우리 사무실에서 마련해준 그룹홈에 머무셨다.

이분이 돌아가시고 개인물품을 정리하는데 툭 떨어진 종이

한 장이 눈에 띄었다. 하얀 종이 한구석에 "만 불"이라고 씌어 있었다. 그 종이에는 그분의 사인까지 적혀있었다. 이분은 나에게 이 종이를 주며 "레지나 씨, 이것은 내가 레지나 씨를 채용하겠다는 약속의 증표니 잃어버리지 말고 꼭 받아두세요"라고 했다. 숫자로 $10,000,00와 한글로 '만 불'이라고 써놓고 동그라미를 그려놓았었다.

이분과 인연은 참으로 오래되었다. 1994년 내가 이전 근무처인 ○○○센터에서 일할 때 이분을 나의 고객으로 만났다. 이분은 매일매일 내 사무실에 찾아와 레이건 대통령에게 보내는 편지라며 백악관으로 팩스를 보내 달라고 하셨다. 이분이 쓴 서너 장의 편지는 레이건 대통령이 이분에게 빌려 간 부채를 청산해달라는 간곡한 글이었는데, 돈의 숫자가 천문학적이어서 내가 돈의 동그라미를 세어보다가 계산이 복잡해서 그만두었던 적이 있다. 이분에게 물어보니 저녁마다 편지를 새로 쓴단다. 나는 이분 글을 받아서 잠시 내 사무실에서 있다가 다시 아래층 로비로 나와서는 편지를 백악관에 보냈노라고 말했다. 그러면 이분은 미소를 띠며 "레지나 씨, 고마워요!"라면서 사무실을 떠나셨다.

10여 년을 그 사무실에서 일하다가 몇 년 후 현재의 사무실로 옮겨서 일하던 어느 날 출근을 하는데 사무실 로비에 이분이 앉아있었다. 내가 이분을 발견하고 놀라운 마음에 "○○○

씨, 저 누구인지 아세요?"라고 물으니, 이분은 마치 나를 어제 만났던 것처럼 아무렇지도 않게 "아이구, 레지나 씨네, 레지나 씨가 또 내 뒤를 쫓아 찾아왔네!" 하셨다. 그리고는 표정 하나 변하지 않고 "레지나 씨가 나를 좋아하나 봐?"라고 말하며 조용히 웃으셨다.

나는 우리 프로그램 디렉터에게 이분이 한국분이니 내가 누구보다도 더 잘 도울 수 있다고 설명했다. 그날로 이분을 담당하던 카운슬러와 내게 있는 케이스를 교환하여 이곳 사무실에서도 인연을 이어갔다. 그때부터 이분은 4년간 일주일이면 4, 5일 나를 찾아오셨다. 물론 거의 매일 레이건 대통령이 빌려 간 돈을 갚아달라는 편지를 팩스로 백악관에 보내달라고 했다. 어느 날에는 반나절 출장 나갔다 오니 이분이 사무실 로비에서 나를 기다리고 계셨다. 상담실 안으로 모셔 부드럽게 달래며 정신질환에 필요한 약을 권해보는데, 이분은 "아니, 레지나 씨, 왜 나를 미친 사람 취급을 하느냐"며 "자꾸 약을 권하면 나는 레지나 씨와 절교야!"라며 화를 내셨다.

이분이 병원에 입원한 며칠 후 병원에서 담당 카운슬러를 찾는다는 연락이 와서 가보니, 병원에서 주는 음식과 약을 거부하고 있었다. 연고자도 없으니 나에게 연락이 온 것이다. 병원의 연락을 받고 나는 한국 그로서리에 들러 즉석 전복죽, 호박죽, 과자 등을 가득 사가지고 이분의 병실에 들어섰다. 누워계시던 이분은 나를 발견하고는 벌떡 일어나 "아이고! 레지나 씨가 또 나를 찾아냈네! 레지나 씨는 나를 진짜로 좋아하나 봐?"라며 미소를 띠며 반가워하셨다.

잠시 후 담당 의사가 와달라고 해서 가보니, 이분의 몸에 암이 이미 퍼져 치료할 수 없다며 현재는 손쓸 수 있는 것이 없고 통증 완화 약만 투여하고 있는 상황이라고 설명했다. 의사의 말에 잠시 멍해지며 눈물이 고였다. '휴! 불쌍해서 어쩌지? 그동안 많이 아프셨을 텐데….'

한참 병실 밖에서 아픈 감정을 추스르고 병실로 돌아오니, 이분이 나에게 자기 팔다리 묶은 것을 풀어달란다. 일단 전복죽을 데워 한 술씩 떠서 입에 넣어드렸다. 두 숟가락을 받아드시더니 입맛이 없다며 입을 꼭 다문다. 가슴이 아려오며 눈물이 나오는 것을 꾹 참고 억지로 미소를 지었다. "○○○ 씨, 레이건 대통령에게 돈 받으면 저에게 빨간색 컨버터블(오픈카) 한 대 사주신다고 하셨잖아요. 약속을 지키려면 식사를 잘하셔야 하지요?"라며 "자, 입 벌리세요. 비행기가 날아갑니다. 비행기 착륙해야 하니 입 벌리세요"라고 말하며 따뜻한 전복죽을 작은 숟가락에 떠서 드렸다. 이날 숟가락 비행기 전복죽 반 공기가 이분의 마지막 식사였다.

내가 이분을 돕는 것은 내 직업이고 해야 할 일이다. 누구에게나 언젠가는 심장의 뜨거운 피가 멈추는 그 날이 온다. 그렇게 한번 살아가는 인생길에서 아프고, 힘들고, 어렵고, 지친 이들의 손을 잡고 함께 걸어갈 수 있는 기회가 나에게 주어진 것이 너무 감사하다. 또 선물권을 마련해주고, 필요한 이들에게 양식과 옷 등을 제공해주는 여러분들도 진심으로 감사하다. 나 혼자 일하게 하지 않고 함께 걸어가 주시는 분들이라고 생각을 하니 힘이 난다! 올해도 열심히 살자!

It is well!

지난해 겨울 사무실 일로 캘리포니아에 출장을 갔을 때 ○○의 메시지가 왔다. ○○은 10여 년 전부터 잘 알고 지내는 친구인데, 캘리포니아 출장 일이 너무 많아서 '답장해야지!'라고 생각하다가 잊고 시애틀로 돌아왔다. 돌아와서는 코로나에 걸려몸이 지독하게 아파서 한 달간 사무실에도 못 나가고 쉬느라 ○○에게 연락하는 것을 잊고 지냈다.

그런데 며칠 전 ○○에게서 또 메시지 연락이 왔다. 자신이 잘지내고 있는 것을 보여주고 싶다고 했다. 차를 몰고 ○○이 알려준 주소로 찾아가니 ○○의 집은 주택가와 상가가 맞붙은 곳에 자리 잡고 있었다. 오랜만에 만난 ○○과 나는 깊은 허그를했다. ○○을 따라 집안으로 들어선 순간 나는 '와우!'라는 감탄사를 연달아서 했다. ○○이 손재주가 있는 사람인 줄은 알고있었지만, 어쩜 이렇게 집안을 아름답게 꾸미어놓았는지, 너무나 예쁘고 분위기가 좋아서 '정말 잘했네! 정말 잘했네!'라고 연신 칭찬했다.

집안을 둘러보고 햇살이 밝게 들어오는 테라스 테이블에 앉아 ○○이 권하는 차를 마시려는데, 공연히 눈에 눈물이 고이며 눈물이 흘러내렸다.

10여 년 전 나는 풀타임으로 직장을 다니면서 벨뷰에 작은 상담실과 중고물건 가게를 열었다. 중고가게는 혼자 사는 분 중 여유가 있어 일을 안 해도 되는 세 사람이 자원봉사로 운영했는데, 거기에서 나오는 이익금으로 삶이 어렵고 경제적인 여유가 없는 싱글맘들의 재활을 도우려는 계획이었다. 상담소는 7년 간을 운영하고 중고물건 가게는 4년 간 운영하다가 내가 건강이 나빠져서 문을 닫았다. 상담실은 자비로 운영했는데, 내가 직장을 다니니 아침 일찍이 회사로 출근하여 3시까지 일하고 3시 이후 저녁 7시나 8시까지 상담실에서 일했다.

이때 잘 아는 지인의 전화가 왔다. 자기가 잘 아는 동생뻘 되는 사람이 있는데, 미국 생활이 얼마 되지 않아 여러 가지로 미숙한데 가정에 문제까지 생겨 너무나 억울하게 당하는 것 같다며 도움을 청했다. "물론이지요"라고 대답하고 며칠 뒤에 내 사무실로 들어선 ○○을 만나서 이야기를 들었다. ○○이 처해 있는 입장이 어찌나 마음이 아픈지 그 이후로 ○○과 나는 자주 만나서 여러 문제를 함께 처리해 나갔다.

세월이 흘러 내가 몸이 아파지면서 더 이상 중고가게도 상담실도 운영이 어려워 ○○과의 연락이 뜸해졌지만, 가끔 안부가 생각나면 ○○에게 메시지를 보내고는 했다.

그후 우연히 한국 마켓에서 장을 보는데 멋진 여인이 딸 하나를 데리고 나를 불러세웠다. ○○이었다. ○○이 자기가 사는 곳을 보여주고 싶다고 했다. ○○이 운영하는 웹사이트로 들어가 보니 정말 알차게 잘 꾸며져 있었고 손재주와 아이디어가 무궁무진한 ○○의 인테리어는 정말 아름다웠다. ○○은 다양한 요리 수업도 하고, 웨딩플랜도 하고, 여러 가지 행사도 주선하는 사업을 하는데, 요즈음 케이팝과 한국 음식이 대세라 사업이 번창하고 있다고 설명했다. 상담을 통해 상황이 달라지는 경우는 그리 많지 않다. 그런데 이렇게 열심히 살아가는 ○○의 모습을 보니 씨 뿌린 자와 같은 심정이 되어 그냥 배가 불렀다.

추억을 함께 이야기하다 다시 사무실로 돌아가려는데 그가 커다란 들통을 들고 나온다. 그 통 안에는 맛있게 익어가는 총각김치가 그득 들어 있었다. 그는 친구들과 정성스럽게 만든 김치라며 내게 주고 싶다고 했다.

돌아오는 길에 하늘을 바라보니 겨울 하늘이 가을 하늘처럼 파랗고 상쾌한 느낌을 준다. 운전하면서 좋아하는 찬양을 부르는데 가슴이 뜨거워지며 감사의 눈물이 흘러내린다. 집에 돌아와 들통의 총각김치를 작은 병 6개로 나눠 담았다. 이 작은 6개의 김치병은 나를 만나러 오는 어렵고 힘든 분들의 집으로 갈 것이다. 나누면 배가 되니까!

Home, 집이란?

"즐거운 곳에서는 날 오라 하여도 내 쉴 곳은 작은 집 내 집 뿐이리!"

우리는 일반적으로 "집" 생각을 하면 지친 몸을 쉴 수 있는 곳이라는 느낌을 갖는다. 요즈음 집이란 어떤 의미일까, 생각을 많이 해보았다.

시애틀에는 어려운 사람들에게 집을 얻어주어 살게 하는 프로그램이 있다. 저소득층 아파트나 하우징 프로그램이다. 우리 사무실을 찾는 고객들은 저소득층이다. 오래전, 저소득층 아파트나 하우징은 각 비영리단체가 운영하는 프로그램이어서, 직접 입주자들을 선택할 수 있었다. 그런데 몇 년 전부터 모든 저소득층 아파트를 킹 카운티 하우징에서 관리하게 되어 저소득층이라고 할지라도 등급을 매겨 형편이 어려운 순으로 입주한다.

우리 사무실도 마찬가지의 룰을 가지고 하우징 입주자들을 선택하는데, 조건은 물론 시민권자나 영주권자들로 수입이 적거나 없을 경우 우선순위가 되고 장애가 있거나 정신질환이 있는 상태일 경우 우선순위가 된다. 또 같은 증상이라면 어떤 사람이 더 많이 병원 신세를 지었는가, 어떤 사람이 킹 카운티 경찰들의 제재를 더 많이 받았는가 등을 고려하여 하우징 입주자들을 선택한다.

저소득층 아파트 입주에는 나이도 중요한데, 시니어들이 우선순위가 되기도 한다. 시니어일지라도 몸이나 정신건강에 어려움이 있는 사람들이 우선순위가 된다. 우리 사무실 카운슬러들은 보통 40개의 케이스를 배정받는다. 케이스 고객들은 매주 또는 두 주일에 한 번씩 우리 사무실로 오기도 하고, 우리 카운슬러가 찾아가기도 하는데, 카운슬러들은 고객들에게 라이프스킬(살아가는 방법)을 알려주며 도와준다. 이들의 삶을 점검하고 얘기를 들어주며 이들이 필요한 일을 연결해주기도 한다. 상황에 따라서는 이들의 보호자가 되어 이들을 대변하기도 한다.

내 케이스 중에 마샬군도 출신 알코올 중독자가 있다. 그는 올해 마흔아홉 살이 되었는데, 나를 만나러 온 지 4년 반이 되었다. 그는 늘 술에 취해있었다. 그는 매주 월요일 11시면 나를 찾아왔다. 매일 나를 만나 어떻게 술을 끊을까 고민하지만 쉽지 않은 문제다. 열여섯 살 때부터 술을 마셨다고 하니 말이다. 술이 들어가면 그는 완전 딴사람이 되었는데, 나는 그를 포기하고 싶지 않았다.

언젠가는 우리 사무실 정신과 의사를 만나보는 것이 필요할 것 같다고 권하니 그는 "내 얘기를 잘 들어주는 레지나를 만나면 된다"고 대답하면서 거절했다. 매주 그를 상담하며 얘기를 들어주고 문제가 생길 때는 함께 해결해나갔다. 그리고 한 달 전 그를 우리 사무실 잡스페셜리스트와 연결해주었다. 그는 어느 미국 식품점 델리 코너에서 일하게 되었는데, 2주째 술을 안 마시고 잘 다니고 있다. 그는 나를 만나러 사무실로 찾아오는 게 집을 찾아가는 느낌이었다며, 그 동안 자기를 포기하지 않고 항상 같은 마음으로 대해주어 정말 고맙다고 했다.

루마니아 출신인 ○○은 미국에 거주한 지 꽤나 오래되었는데, 이민국의 실수로 아직도 영주권자로 산다. 물론 나는 ○○의 시민권을 찾아내려고 무료 변호사들의 도움을 받고 있다. 루마니아 내전 중에 가족을 잃고 여동생과 함께 미국에 난민으로 들어온 ○○은 올해 63세가 되었다. 2007년 홈리스가 되어 길거리 생활을 하는데, 그 이유 중 하나는 정신질환이다. ○○은 늘 러시아 첩자들이 자기를 쫓고 있다고 생각한다.

○○이 트럭 안에서 잔다고 해도 시애틀의 겨울 날씨는 뼛속까지 스며드는 추위서 염려되었다. 지난 3년간 ○○에게 저소득층 아파트를 마련해주려고 지속적으로 서류 신청을 했으나, 계속 퇴짜를 받았다. 우선 ○○은 병원을 간 적이 없고 범죄에 연루되지 않으니 노숙자, 정신질환자 중에서도 등급이 아

주 낮아 저소득층 아파트에 들어갈 수 있는 우선순위에서 밀리기 때문이다.

올 2월에 우리 사무실이 7층 건물을 지어 이전하면서 같이 붙은 건물에 새로 지은 캐어링 하우징(우리 프로그램이 운영하는 중증의 정신질환자들이 살 수 있는 아파트)이 생겼고, 이번에는 ○○을 꼭 입주시켜야겠다고 결심했다. 그리고 드디어 '하늘의 별 따기'만큼 어려운 원룸 아파트를 얻어내었다. ○○이 살고 있는 포드 지역을 찾아가 헤매다가 ○○을 만났다. 나는 너무 신이 나서 ○○에게 원룸에 입주할 수 있게 되었다고 말했다. 그런데 ○○은 별말이 없다. 나는 ○○에게 입주서류에 사인해야 하니 내일 사무실로 찾아오라고 했다. 그런데 그다음 날 약속 시간에 그가 보이지 않았다. 다시 ○○을 찾아가 꼭 나를 찾아오라고 다짐을 받는데, 그의 눈길이 왠지 불안해 보였다. 자기는 추워도 여기가 좋고 음식을 얻어먹어도 여기가 좋으니, 아파트는 다른 필요한 이들에게 주란다.

○○이 살았던 동네 주민에게 ○○이 사인할 수 있도록 설득할 것을 부탁한 결과, ○○이 동네 주민 데이비드 손에 이끌려 내 사무실로 찾아왔다. 그리고는 내가 준비한 서류에 사인하면서 내게 말한다. 자신은 나를 위해 사인을 한 것이고 그곳에 들어가서 살지는 않을 것이라고. 서류를 접수하고 이사 날짜를 결정하며 나는 아파트 담당자에게 부탁했다. ○○이 길바닥 생활을 한 지가 20년 정도 되어 아무래도 자리를 털고 일어나

는 데 시간이 필요한 듯하니 조금 기다려달라고 했다.

시간을 벌어놓은 후에 ○○의 심리 치료를 시작했다. ○○을 상담하면서 알아낸 것은 ○○에게 집이란, 그곳 포드 지역이었다는 사실이다. 17년간 주민들과 함께 생활하던 그곳, 춥고 따뜻한 음식도 제대로 먹지 못하던 트럭 안이지만 ○○을 챙겨주는 사람들이 살고 있는 그곳말이다. ○○은 그곳 주민들의 정원 잡초를 뽑아주고 용돈을 받아쓰기도 했다. 때로는 빗자루를 들고 동네 거리를 깨끗이 치웠다. 그곳은 정신줄 놓은 내 고객 ○○의 일터이고 집이며 스위트 홈인 것이다.

동네 주민 몇 분을 만나보았는데, 이분들은 대단한 분들이었다. 정신줄 놓은 걸인이 찾아왔는데도 쫓아내지 않고 돌아가면서 ○○을 돌봐주었던 것이다. 나는 주민분들과 내 고객 ○○을 사무실로 초청하여 간담회를 열었다. 그리고 그분들에게 간절히 부탁했다. 내 고객 ○○이 이곳 아파트로 입주해도 ○○이 살던 트럭은 그대로 제자리에 있을 것이고, ○○이 매일 그곳을 방문해도 여전히 그전처럼 함께 해달라고. 내 인생에서 이곳 시애틀 포드 지역 주민들을 알게 된 것은 커다란 기쁨이라고. 내가 간절히 얘기하는 도중, 나를 빤히 쳐다보는 내 고객 ○○의 눈에 눈물이 고인다.

Let's do it today!

5피트(약 152cm)가 겨우 될만한 키에 웃으면 미소가 환해 보이는 내 고객 ○○이 나하고 만난 지가 4년하고도 6개월이 되어간다. ○○은 중증 알코올중독자이다. 술을 마시기 시작하면 맥주 한 박스도 모자랄 정도다. 술을 마시고 나면 정신을 잃고 다음, 그다음 날까지 깊은 잠에 빠진다. 그를 담당하던 카운슬러가 다른 부서로 이동하면서, 나는 같은 동양인이라는 이유로 그를 담당하게 되었다.

○○은 매주 월요일이면 나를 찾아왔다. ○○은 술이 떡이 되게 마셨어도 신기하게 나와의 상담 시간에는 짠하고 나타났다. 물론 술에 취해있는 상태라 ○○의 몸에서나 말하는 입에서 술 냄새가 진동했다. 연신 물병의 물을 마셔가며 인생살이의 넋두리를 늘어놓고는 했다. 왜 그렇게 술을 마시냐고 물으니, 술을 마셔야 잊을 수 있기 때문이라고 했다.

이렇게 술을 마시니 건강상태는 심각할 정도로 안 좋았다. 그와 함께 보건소에서 치료법과 소견을 듣고 나왔다. 퇴근시간이라 베트남국수집에서 국수를 함께 먹는데, 그는 그곳에서 흐느끼며 한참이나 울었다.

30년 정도 술에 취해 살던 내 고객은 그동안 장기치료, 단기치료 등 많은 프로그램에 입소해서 치료했다. 그러나 번번이 실패했다. 그래도 나는 ○○에게 왜 실패했느냐는 말을 한마디도 하지 않았다. 항상 "Le't do it today(자! 오늘 다시 시작하는 거야)"라고 말해왔다.

술중독자에게 왜 술을 마시냐고 묻는 것은 보통 사람들에게 왜 물을 마시냐고 묻는 거나 마찬가지이다. 그래서 나는 ○○에게 늘 이렇게 애기했다. "술 마셨네! 오늘은 마시지 말자." 그다음 주에도 "자! 오늘부터 시작해 보는 거야". 이런 얘기를 거의 만 번쯤 하면서 삶에 대한 진지함과 ○○이 인생을 살아가야 하는 이유를 설명했다. 그에게는 두 아이가 있었고 그들에게 힘이 되려면 일을 해야 했다. 두 아이는 다른 주에 있는 부유한 외가 쪽 집에서 잘 양육되고 있었다.

내 고객 ○○이 일을 시작한 지 벌써 4주째이다. 매일 새벽 5시에 일어나 6시에 집을 나서 버스를 두 번이나 갈아타고 일하러 간다. 아는 분 아들이 새 재킷을 샀다며 자신이 입던 재킷을 ○○에게 선물로 주며 격려했다. 빈속으로 다니지 말고 아침에 뜨거운 물 부어 잠깐 전자레인지에 돌려 계란 하나 풀어 후루룩 마시고 일하러 가라고 한국 컵라면 두 박스도 선물했다.

그는 어릴 적에 집안 사람에게 성폭력을 당했다. 그의 부모는 집안 가족으로 인한 그 상황을 어떻게 해결해야 하는지 잘 몰랐다. 그래서 가해자를 보호하고 내 고객인 ○○을 미국으로 시집간 딸에게 보내버린 것이었다. ○○이 상담하려고 눈을 감으면 과거 힘들었던 때가 생각난다고 했다. 내가 담당하는 동안은 ○○의 아픔과 함께해주겠다고 다짐했다. 직장생활을 시작한 한 달 동안 ○○은 술을 한 방울도 입에 대지 않았다. 힘들지 않냐고 물어보니, 일이 있다는 게 이렇게 즐거울 수 없다고 했다.

며칠 전 나와 만나는 자리에서 하얀 편지봉투 같은 것을 백팩에서 꺼내어 턱 하니 내놓으면서 "레지나, 한번 열어 봐"라고 했다. "네가 열어서 나에게 보여주면 더 좋겠는데"라고 말하니 자기 가방에서 볼펜을 하나 꺼내어 편지봉투를 열더니 편지를 나에게 내민다. 나는 ○○이 건네준 일주일 분의 체크 300불을 바라보면서 "오 마이! 오 마이! 축하해! 나는 네가 정말 자랑스러워! 정말 수고했어!"라고 칭찬했다. ○○의 환해진 얼굴에 미소가 떠오르며 눈빛이 밝게 빛나고 있다.

화가 존 제임스 오듀본

팬데믹이 시작되면서 답답해하는 많은 분의 전화를 받았다. 서로 거리두기를 할 때라 전화 주시는 분을 만나기도 어려웠다. 나 역시 기관지에 문제가 많아 겨울에는 폐렴을 달고 살기에, 전화하는 분들에게 도움이 될 수 있는 길도 자제할 수밖에 없었다. 백신주사를 두 번 맞고 부스터를 맞고도 코로나에 걸려 죽도록 고생하고 나니 더 몸을 더 사리게 되었다.

쉬면서 온라인으로 책을 조금씩 보게 되었다. 몸이 불편하니 큰 신경을 쓰지 않고 볼 수 있는 그림만 보다가 한 그림이 내 시선을 사로잡았다. 오늘은 내 마음을 빼앗아 가버린 화가 존 제임스 오듀본(John James Audubon)에 관해 이야기해보려고 한다. 존에 대해 궁금해지면서 인터넷으로 그의 일생에 관하여 뒤져보고 또 책을 찾아 읽어보며 정말로 행복했다.

존은 1785년 4월 26일 부자인 유부남 아버지와 하녀 사이에서 태어났다. 그 당시 사회에서는 절대로 환영받을 수 없는 아이였다. 어린 시절 많은 고통과 어려움의 시간을 보냈지만, 존은 자신의 재능을 갈고 닦아 화가가 되었다. 존은 아내의 권유로 유럽으로 그림들을 가지고 가 출판했고, 존의 그림은 센세이션을 일으킨다. 존의 작품집 〈The Birds of America〉는 세상에 나오게 되자마자 완판되고, 재판되었다. 존은 이제 '새들의 화가'로 너무나 유명해졌다. 존의 그림들을 한 번 찾아보면 많은 분이 감동할 것이다.

코로나가 조금씩 수그러든다는 요즈음 여러 가지로 문의와 상담이 필요한 분들을 자주 만난다. 이 분야에서 오래 일하다 보니 다른 일보다는 조금 더 잘할 수 있는 일이라, 사무실 일과 겹치지 않으면 필요한 분들을 만나 성심성의껏 상담자가 되어보려고 한다.

2년간의 팬데믹 기간 동안 아무것도 못하고 집안에만 있던 청년들이 꽤나 많다. 이 청년들이 가진 고민을 들어보면, 많은 청년이 자존감이 낮고 사회성이 부족해 모든 일에 자신 없어 한다. 그 청년들 가운데는 부모의 강압적인 밀어붙임 때문에 원하지 않은 전공을 택해야 했고 졸업 후에 겨우 들어간 직장에서 하기 싫은 일에 적응이 안 돼 방황하는 이들도 있었다. 그러다가 팬데믹을 만나고 집안에만 갇혀있다 보니 점점 하기 싫은 일이 더 하기 싫어지고 학교에도 가지 않으니 게임중독과 불법 영상에 빠지는 경우가 많았다. 온라인도박 등으로 부모님 주머니까지 손을 댄 청년들도 많이 있다. 또 사람들하고 교제하지 않게 되면서 점점 더 폐쇄적으로 변해버리는 청소년들도 있었다.

팬데믹 기간 동안 많은 부모님들이 자녀들과의 갈등 문제를 상의해오셨다. 자녀를 키우면서 어렵지 않은 부모가 어디 있겠는가? 부모들은 자녀들이 잘 되기를 바란다는 명분 아래 때로 자신들의 방식과 목표를 자녀들에게 강요하기도 한다. 이러한 문제로 부모와 자식 간에 갈등이 발생한다. 자녀를 사랑하기 때문에 좋은 것을 주고 싶어하지만, 그 좋은 것도 자녀들에게 맞지 않을 수 있다.

세계적 화가가 된 존 제임스도 해군 캡틴인 아버지의 강압에 밀려 해군 교육을 받았다. 그러나 존의 영혼은 상처를 입기 시작한다. 그런데 다행히도 해군 시험에 낙방했고, 당시 나폴레옹이 세계를 정복하려고 젊은 청년들을 징집하기 시작하자, 존은 미국으로 도망쳤다. 존에게 새로운 기회가 주어진 것이다. 이곳에서 만난 존의 아내는 존이 그림을 맘껏 그릴 수 있도록 자신감을 북돋고 도와준다. 아내의 사랑과 헌신 덕분에 존은 현시대에까지 유명세를 떨치는 세계적인 화가가 되었다고 해도 과언이 아니다.

유령 잡는 레지나

수지는 엄청 꼼꼼하다. 사탕 껍질 수백 개를 일일이 본드로 붙여 옷감처럼 만들어서는 그것을 자신만의 노하우로 재단해서 몸에 두르고 다니는데, 재미있는 일은 수지가 걸친 것들이 그런 대로 그럴싸해 보인다는 것이다. 수지가 내 사무실로 격주로 찾아오고 또 한 주는 내가 그룹홈으로 수지를 만나러 간다. 그룹홈 수지의 거처 주방 스토브에는 늘 온갖 물건들이 그야말로 산더미처럼 겹겹이 자리를 잡고 있다.

물론 수지의 아침과 저녁 식사는 우리 사무실이 운영하는 노숙자 식당에서 공급해준다. 수지는 매주 우리 사무실에서 지급하는 돈으로 점심을 사 먹기도 하고 좋아하는 가게를 다니면서 세상에 아무짝에도 쓸모없는 물건들을 잔뜩 사서는 집안에 쌓아놓았다. 보통 정신질환이 있는 사람들 방에 들어가면 더럽고 지저분한데, 수지의 방안에는 온갖 것들(깡통, 과자, 병, 그림, 달력 등)이 쌓여있어도 그 오만 것들이 그런대로 정돈되어있다. 지저분하다기보다는 정신이 복잡한 편이라고 얘기하면 될 것 같다.

물론 모든 컨테이너는 빈 통이 아니다.

혼자 못하면 사람을 붙여 청소를 해주겠다고 설득해도 수지
는 웃기만 할 뿐 대답을 안 한다. 수지의 방에는 온갖 것들의
탑이 가득 차 있고 오직 수지 혼자 겨우 비집고 들어갈 수 있는
공간만이 남아 있다. 우리 프로그램에서 이들이 머무르는 방에
침대와 서랍장을 하나씩 마련해주었지만, 수지의 침대에는 물
건들이 산처럼 쌓여있기 때문에 수지는 방바닥에 이불을 몇 개
깔고 그 위에서 잠을 자고 있다. 수지에게 물건들을 치우라고
하니, 울상을 지으며 여기 있는 것들이 그의 친구라고 했다.

이곳 아파트 청소부에게 부탁해서 수지의 방을 정리할 수 있
었고, 그에게 50불짜리 기프트카드를 선물로 주며 감사를 전
했다. 이 정도의 방을 정리하는 건 정말 힘든 일이기 때문이다.

어느 날 수지를 방문했는데, 수지가 추운 날씨에도 방 밖 문
앞에 서서 떨고 있었다. 수지는 입가를 손가락으로 가리고는 나
에게 조용히 해야 한다고 했다. 지금 자기 방에 유령이 있는데,
그 유령이 자기 보고 나가 있어야 한다고 했단다. 난 전화기를
들어 대충 번호를 누르고 수지가 너무 추워한다고 들어가도 되
느냐고 물어보는 척한 다음 들어가도 된다고 전했다. 근심스
런 수지의 얼굴이 환하게 밝아지더니 유령이 어떻게 나와 얘기
를 하는지 모르겠다고 신기해 하며, 유령에게 인사를 했느냐고
물어본다. 나는 수지를 빤히 쳐다보며 "의사가 준 약은 먹는 거

니?"라고 물어보니 안 먹는단다. 내가 "수지야, 네가 약을 먹으면 유령도 없어지고 네 방안도 깨끗해질 거야. 또 나는 너를 데리고 미술관에도 갈 수 있어"라고 말하니, 수지는 잠시 생각하더니 미술관에는 가고 싶은데 약은 먹기가 싫다고 했다.

수지는 인도계 미국 사람과 아메리칸 원주민 그리고 아이리시계 혈통이다. 수지는 시애틀 시내 레이니어에 있는 F고등학교를 다녔다. 고등학교 다닐 때 그림을 아주 잘 그려 미대에 가려고 했단다. 고등학교를 마치던 해 망상증세가 나타나며 집을 뛰쳐나오게 되었고 거리를 헤매다가 11년 전 우리 프로그램 아웃리치 스페셜리스트하고 연결었다. 지금은 우리 사무실이 마련해준 그룹홈에서 지내고 있는 중이다. 망상증세는 약을 먹으면 증세가 호전되며 어느 정도 관리할 수 있기 때문에 웬만한 보통 사람처럼 생활할 수 있다. 약을 복용하면 훨씬 나아질 텐데 본인이 약을 거부하고, 그렇다고 강제로 약을 먹일 수 없으니 안타깝다.

오늘 수지가 엄청나게 큰 가방을 들고 나를 찾아왔다. 커다란 플라스틱 백 20여 개를 겹쳐 보통 그로서리백의 4배 정도 크기 가방에 온갖 것들을 넘치도록 싸가지고 말이다. 50파운드는 족히 되어 보인다. 그 짐 속 뉴텔라 병에 유령이 있다며 무서워했다. "그럼 내가 유령하고 얘기해 볼게"라고 말한 후 뉴텔라 병을 들고서 유령하고 말을 하기 시작했다.

"Hey, Mr Ghost, get away from here(헤이, 유령 씨, 여기서 나가시죠)?"

수지는 내가 유령을 쫓아버렸다고 소리를 지른다. 우리 사무실 프런트데스크에 있는 리셉셔니스트들과 하버뷰병원 리셉셔니스트들이 수지의 함성에 함께 동조해 준다.

"Yey, What a great! Regina(예! 위대한 레지나! 유령이 무서워하는 레지나일세)!"

Good manner!

한국 사람들에게는 장점이 너무나 많다. 주어진 일을 열심히 하고 최선을 다하고 순발력이 강한 것, 이것이 우리의 장점이 다. 그래서 미국 사회에서 우리는 인정받고 좋은 소리를 많이 듣는다. 20년 전에 아시안들이 함께 일하는 사회복지 사무실 에서 10년을 일하다가 킹 카운티로 사무실을 옮겼다. 그때 그 곳 직원들이 250명 정도였는데, 각 나라의 아시안들이 직원들 이었다. 그곳에는 팀장들도 한국 사람이었고, 카운슬러도 한 국사람이었다. 그리고 여러 부서에서 한국인 직원 여덟 명이 함께 근무했다. 우리는 꽤 열심히 일하면서 사무실 분위기를 띄우는 일에 앞장서 모든 직원의 사랑을 받았다.

다른 주에 사는 친구에게서 전화가 왔다. 친구에게는 두 딸 이 있는데 첫째 딸이 유난히 한국적인 것에 열광하고 한국음 악, 한국문화, 한국음식 등 한국을 알리는 일에 앞장선다는 것 이다. 친구의 딸은 중학생부터 교민사회 봉사단체에서 잔심부

름하면서 돕는 일에 앞장섰다. 대학생 때는 비영리단체에서 봉사하면서 어린아이들의 멘토가 되어 한국교포 자녀로서 좋은 본보기가 되어왔다. 친구의 딸은 대학을 우수한 성적으로 졸업하고 법대를 마친 후 곧 변호사 시험에 합격했다. 얼마 전부터는 변호사도 좋은데 정치 쪽으로 가고 싶다며 검사 쪽으로 방향을 튼다고 이야기하는 당당한 커리어우먼이었다. 요즈음 딸의 결혼을 앞둔 친구는 내 딸의 결혼식 과정을 알고자 하여 자주 연락을 하는 편이다. 딸의 결혼 준비뿐 아니라 여러 가지 세상 돌아가는 이야기를 많이 하는데, 친구의 어제저녁 이야기에 크게 공감하며 안타까운 마음이 들었다.

이야기인즉 친구의 딸아이 그룹이 한국 분들에게 필요한 포럼을 개최하면서, 팬데믹이라서 미디어를 통해 참여할 분들의 예약을 부탁한다는 광고를 했다. 저녁식사와 함께하는 자리여서 정확한 참석인원을 알아야 했기 때문이다. 광고를 몇 번이나 냈는데도, 행사 당일 날까지 접수된 사람들의 숫자가 예상보다 적었다. 그래도 행사를 진행하고자 접수된 숫자대로 호텔 측과 계약하고, 자리배치를 했다. 그런데 당일 행사가 시작되기도 전에 사람들이 몰려들었다. 많은 분이 예약하지 않고 오셨고, 예약한 사람들이 오면서 좌석 문제가 발생하기 시작했다는 것이다. 예약없이 온 이들에게 밖에서 기다리다 자리가 생기면 들어오라고 한 게 갈등으로 번졌다. 먼저 온 이들이 화를 냈고 친구의 딸은 너무나 속이 상했다고 했다. 이분들이 자리에서 일어나지 않아 애를 먹다가 결국은 말싸움이 생겼다. 예약하고 오신 분들도 자리 배치를 마음에 안들어 했다. 딸이 집에 와서 자기 부부에게 속상하다며 "Mom, is that a Korean ways(엄마, 그렇게 하는 것이 한국식이야)?"라고 묻더란다.

나도 한인사회 행사에 참여하고 행사를 주도하면서 그러한 상황을 많이 접해 보았기에, 친구 딸아이의 속상한 마음이 충분히 이해되었다.

한 달 전부터 이곳에 1980년대 유명했던 통기타 가수가 와서 작은 콘서트를 한다고 했다. 신문에 예약 광고가 실렸고, 그곳 관계자가 나에게 참여해보겠느냐는 이메일을 보냈다. 오래전 병환으로 일찍 하늘나라로 떠난 우리 오빠가 늘 기타를 치며 불렀던 노래들 대부분이 이 가수의 노래여서 개인적으로 이 가수를 좋아했다. 나는 기꺼이 참석하겠다고 알렸다. 주중 행사였지만 사무실 일을 중간에 마치고 교통체증에 대비해 미리 행사장에 갔다.

행사장에 가 보니 내 자리에 이미 다른 사람이 와 있었다. 어찌할 바를 모르고 서성이니까 관계자분이 나와 시작 시간이 되면 현재 앉아 계신 분들을 다 내보내고 예약표를 가진 분들 위주로 자리 배정을 할 예정이라고 미안함을 표시했다. 마음이 조금 편해지면서도 또 한편으로는 글쎄, 저기 앉아있는 분들을 어찌 다 일어나라고 할 것인지 궁금했다. 안내를 맡고 있는 분이 '자리를 꼭 만들어 드릴게요"라고 했지만, 끝내 내 자리를 되찾진 못했다.

물론 나에게는 그런 점이 큰 문제가 되진 않는다. 여러 차례 경험했기 때문이기도 하고, 그 가수의 노래를 듣는 것만으로도 충분히 즐길 수 있었다. 내 자리에 앉아있는 분을 쫓아내고 앉아서 공연을 봤다면, 마음 한구석 불편함이 있었을 것이다. 잔치에 온 손님을 그냥 돌려보내지 않는 것, 한국문화만 그럴까? 예약문화에 익숙하지 않은 이민 1세대여서 그런 것일까? 매번 난감하다.

그러나 이제 우리와 다른 세상을 살고 있는 2세들에게 우리를 이해해달라고 하기 전에 그들을 이해해야 할 때이다. 이러한 상황을 만들지 않도록 해야 한다. 미국에 살아가면서 이곳에 맞는 관례나 지침 등을 우리 모두 배워 자녀들이 우리 때문에 골치 아프지 않게 해야 하지 않을까 생각해본다.

힘을 기르자!

얼마 전 어떤 모임에서 알게 된 한국계 여자 검사가 있다. 미국인 아버지와 한국인 어머니 사이에서 태어난 여자분이었는데, 이국적이면서도 부드러운 동양적인 모습을 하고 있었다. 특별한 점은 이 친구가 유색인종으로서 최초의 킹 카운티 여성 검사라는 것이다. 모임을 마치고 이 친구에게 저녁 식사를 하러 가자고 했더니, 이 친구는 한국 식당에서 김치전을 먹고 싶단다. 보통 김치전은 집에서 해 먹는 음식으로 알고 있는데 아마도 이 친구는 김치전을 무척이나 좋아하는 듯싶었다. 이 친구가 프라이팬만 한 사이즈의 김치전을 맛있게 먹는 것을 보면서 요리하는 것을 좋아하는 나는 기회가 되면 정말로 맛있는 김치전을 만들어주어야겠다고 생각했다.

이 친구는 킹 카운티에서 검사 생활을 27년간 하면서 크고 작은 사건을 많이 다룬 검사 중 한 사람이었다. 이번에 이 친구가 킹 카운티 검사장에 출마한다고 했을 때, 그가 하고자 하는 일을 들어보면서 이 친구의 당선을 서포트해주고 싶은 마음이

들었다.

다운타운 시애틀에서 근무하거나 비즈니스를 하는 분들은 특히 거리의 안전 때문에 마음이 불안하다. 사무실이 다운타운에 있어서 나는 거의 27년간 시애틀 다운타운을 운전하거나 걸어다녔다. 요즘은 걸을 때도 신경이 쓰이고 차를 타고 다니다가도 다운타운 쪽으로 들어서면 내렸던 창문을 올리고 차 문이 잠겨있는 것을 확인한다. 경찰 인원이 부족하니 좀도둑까지 신경 쓸 수 없는 게 현재 시애틀의 상황이다. 문제는 좀도둑이 물건만 가지고 가는 것이 아니라 일하는 사람을 위협하고 해를 끼치는 상황이 언제 벌어질지 모른다는 것이다.

몇 달 전 다운타운 파이크마켓 근처에서 세 사람이 권총 사건으로 사망한 것도 어쩌면 경찰들의 숫자가 부족한 탓인지도 모른다. 이렇게 경찰들이 줄어든 것은 지난번 '블랙 라이브즈 메터(BLM)' 시위 이후인 듯하다. 시위대가 다운타운과 캐피탈 일대 차에 불을 붙이고 도로를 점거했다. 아프리카계 아메리칸의 억울한 죽음에 항의하고 분노를 표출한 '블랙 라이브즈 메터' 시위는 시애틀시에 엄청난 피해를 입히기도 했다. 지역의 치안에 허점이 드러나면서 경찰국장이 옷을 벗게 되었고, 이 일로 인하여 상처를 입은 시민들이 '경찰들에게 줄 돈을 줄이자!'는 의견에 찬성표를 던졌다. 결국 경찰을 지원하는 자금이 줄어들어 경찰 인원이 줄어든 것이 아닌가 싶다.

한국계 검사인 이 친구는 시민들의 안전을 책임질 수 있는 도시의 검사장이 되겠다는 포부를 갖고 있다. 이 친구는 한국에서 태어나 미국으로 건너온 대한민국의 딸이기도 하다. 얼마 전 이 친구가 선거자금 후원 행사를 하였는데 나도 바쁜 일을 빨리 처리해가면서 그곳에 달려갔다. 시작 시간보다 30분 늦게 도착하였는데도 후원 행사장에는 사람들이 없었다. 사람들을 더 기다려 보려는지 행사를 아직 시작하지 않고 있었는데, 이때의 상황이 참으로 미안하고 속상했다. 내가 알기로는 우리 한국 단체들이 꽤나 많은데, 그 자리에는 대여섯 사람만 참석하고 있었다. 나라도 함께할 수 있어 정말 다행이라고 생각하며 내 형편에 적지 않은 돈을 흔쾌히 기부했다. 나의 작은 도움이 이 친구들이 일하는 데 발판이 되기를 바라는 마음이었다. 우리를 대신하여 우리 입장을 대변할 수 있는 정치인, 특별히 한국계 정치인을 서포트할 수 있었으면 하는 바람이다.

소말리아 이민자들과 10여 년간 함께 사회봉사를 해오면서, 이들이 주차관리인이나 청소부로 어렵게 일하며 모은 돈으로 미국의 정치판에 자기들을 대변할 수 있는 인재들을 키우고, 이들을 서포트하는 데 최선을 다하는 모습에 감동받았다. 시애틀시 킹 카운티 안에는 소말리아인 부모를 둔 공무원들이 꽤 많다. 제116, 117대 미국 연방하원의원 오마르(미네소타)를 포함해 소말리아 이민자의 자녀들은 미국 주류사회에 들어가 미국에 살고 있는 자기들 민족들의 베네핏을 위하여 최선을 다하고 있다. 시애틀시 안에서 행정을 맡고 있는 직원 중에는 외국인이 아주 많은데, 특히 소말리아와 베트남 사람들이 요소요소에 배치되어 어려운 일이 닥칠 때 자기들의 민족을 위해 앞장서일하는 모습을 보았다.

지난 2년간 코로나로 인해 시애틀시에서는 엄청난 돈을 시애틀 시민 또는 시애틀에서 비즈니스를 하는 사람들에게 보조금이나 무이자 대출로 주었다. 나 역시 10여 년 전부터 시 행정에 참여하면서 많은 기금과 보조금을 찾아내어 시애틀 안에서비즈니스를 하는 분들을 도울 수 있었다. 특히 다운타운 시애틀, 퀸앤 지역, 유딥 지역, 웨스트 시애틀 레이크시티 지역에서비즈니스를 하는 한국분들을 찾아다니며, 이분들에게 맞는 기금을 이용할 수 있도록 알려주거나 서류 준비와 접수를 도울수 있어서 정말 기뻤다.

시애틀 지역에는 한국분들의 비영리단체가 없어서 그 많은기금의 혜택을 볼 수 없다. 우리 스스로 힘을 길러야 한다. 우리를 대변할 수 있는 우리의 정치인들을 키워나갔으면 하는 바람이다.

우울증과 그리움

　나의 사무실에 의뢰가 들어왔던 한국 청년의 이야기이다. 청년은 부모님과 떨어져서 이곳 시애틀에 살고 있었다. 청년의 부모님은 다른 주에서 소규모 비즈니스를 운영하던 중 팬데믹이 시작되면서 경제적 난관에 봉착했다. 일하던 종업원들을 모두 정리하고 부부가 더 많은 시간을 일에 몰두하게 되니 몸도 피곤하고 비즈니스에 대한 불안함에 힘들어하였다.

　청년의 부모님은 시애틀에서 직장을 다니던 아들이 그냥 잘 있으려니 생각하고 가끔 안부를 묻고는 하였으나, 대충 잘 지낸다는 아들의 대답에 별걱정을 하지 않고 넘어갔다. 언제부터인가 아들이 전화를 받지도 않고 어쩌다 통화가 되면 피곤하다고 쉽게 끊어버렸다. 이상하게 생각했지만 그러려니 하던 어느 날 아들에게 전화를 걸어 안부를 묻는데, 아들이 뜬금없이 자기가 이 세상을 구원해야 한다며 이상한 소리를 늘어놓았다. 청년의 부모는 가게 문을 닫고 시애틀로 아들을 찾아왔다. 아들이 사는 아파트에 들어서니 집은 온통 쓰레기로 뒤덮여 있었다. 아들은 방구석에 아무런 표정도 없이 쭈그리고 앉아있었다. 아들을 붙잡고 말을 걸어보았으나 현실과 동떨어진 얘기만 반복할 뿐이었다. 이 상황을 이해할 수 없었던 청년의 부모가 전화를 해왔다.

부모에게 아들을 데리고 정신과 의사를 찾아가 보라고 말씀드린 후, 정신과 의사의 진단이 내려진 다음 진단 결과에 따라 상담과 약물치료가 필요한지를 알아보자고 답을 드렸다. 이 청년은 섬세하며 예민한 성격인데, 팬데믹과 함께 시작된 재택근무를 하면서 우울증이 왔고, 대마초를 시작했다. 처음에는 소량이었지만, 1년 이상 되다 보니 환청도 들리고 환상도 보는 심각한 상태까지 가게 된 것이었다.

며칠 후 아들이 부모가 있는 집으로 가고 싶어했으나, 다니던 직장을 그만두면 집안 상황도 어려운데 더 어려울 것 같아서 부모는 청년을 놔두고 돌아갔다. 그후 우리 사무실 정신과 의사와 약속을 잡았지만 청년이 오지 않아서 정말 속상했다. 사무실에도 미안했다. 어렵게 약속을 잡았는데 찾아오지도 않고 연락도 없다. 연락이 없는 것이 희소식이었으면 좋겠다는 생각을 한다.

우리 사무실에 매주 나를 찾아오는 먀샬 군도 출신 40대 남자 고객이 있다. 이 남자는 어릴 적 성폭력 희생자가 되어 살아오는 동안 우울증을 심하게 갖고 있었다. 남자는 상처를 잊어보고자 술을 거의 매일 마셔서 이제는 술을 마시지 않고는 잠도 못 자고 정상적인 생활을 할 수 없었다. 우리 사무실에서 제공하는 회복프로그램에 도전하여 술을 조금씩 줄여가며 정신상담과 심리치료를 받고 있었지만 심한 우울증을 앓고 있었다.

오랜 시간 동안 매주 이 남자를 만나면서 심리 상태를 들어보고 치료를 하던 중, 어느 날 이 남자가 나에게 속이야기를 한다. 이 남자는 16년 전 ○○○공항에서 안전요원으로 일하던 중 함께 근무하던 미국 여자와 결혼해서 아들과 딸을 두었는데, 음주운전으로 사망사고를 내고 감옥에 있다가 돌아와 보니 가족들이 사라져 버렸단다.

그날 이후 나와 내 고객은 매주 만나 인터넷을 찾아 들어가 그의 가족을 찾기 위해 애리조나와 오클라호마의 소셜서비스를 방문했었다. 5개월 정도 지날 무렵 오클라호마의 어느 소셜서비스에서 내 사무실 전화에 메시지를 남겨놓았다. 내 고객이 찾는 아내의 부모님 주소를 알게 되었으니 연락해달라는 것이다. 그 소식을 전해듣고 기대감에 부풀어있는 내 고객에게 사무실로 오라고 해서 그곳으로 전화를 걸었다. 내 고객은 10여 년 만에 전처와 통화가 되었고 마침 방학을 맞은 딸과 전처가 2박3일 간 이곳 시애틀을 방문하여 감격적인 상봉이 이루어졌다. 모두 눈물과 콧물이 범벅이 된 정말로 기쁜 시간이었다.

내 고객은 오랜만에 만나는 전 부인과 딸아이와 함께 스페이스 니들, 태평양 바닷가 그레이트 월 등을 돌아다녔다. 물론 이

비용은 나의 친구들의 후원금으로 충당할 수 있었다. 지난 2년 팬데믹 기간에 시애틀시가 주는 기금을 받을 수 있도록 도와준 식당들에 연락을 해보았다. 식당 사장님들은 무조건 오라면서 나에게 식사 초대권을 넉넉히 주었다. 딸과 전처와 3일을 너무도 행복하게 지낸 나의 알코올 중독 고객은 이날 이후 지금까지 몇 주째 술을 마시지 않고 있다.

"레지나, 나 열심히 살고 싶어! 나 그동안 내 딸에게 주지 못했던 사랑을 듬뿍 주고 싶어! 정말로 열심히 살아갈 거야!"

우리도 가야 하는 길인데…

아픈 오빠 때문에 가슴에 무거운 돌을 끌어안고 지내는데 잘 아는 분에게서 전화가 왔다. 그분은 큰아들이 무조건 자기 집으로 와서 살라고 했다면서 나의 의견을 물었다. 나는 아들의 생각은 그렇다고 하더라도 며느리 마음도 중요하지 않겠냐고 대답했다. 지금 사는 곳에서 좀 더 지내다가 아이들이 정말 필요하다고 부탁할 때 그때 가는 것도 괜찮고 아니면 지금부터 나머지 삶을 혼자 산다고 생각하면서 사는 것도 좋을 것 같다고 말했다.

그가 내 의견을 다시 물었다. "글쎄요, 먼저 혼자 자립해서 살 수 있는 방법을 찾으셔야지요. 우선 그동안 하던 가게를 정리하면 어느 정도의 목돈이 생기실 텐데?"라는 내 질문에 가게를 정리한 뒤 팔순 어머니를 모시고 아들이 살고 있는 주로 옮겨 아들 집에서 함께 살든가, 아니면 작은 아파트 하나 얻어 살면 어떨까 싶은데 모든 게 어렵고 불안해서 나에게 묻는단다.

그분의 얘기를 들으면서 가슴이 아팠다. 일을 해도 살기가 어려워 엄마를 돕는다는 명목으로 정부에서 주는 돈을 받아 집세를 내는 그분과 그분의 여동생 형편도 딱하지만, '자식이 뭔지' 하는 생각이 들었다. '그놈의 자식들' 때문에 다른 이의 보호도 받지 못하고 빈집에 방치되어 있는 그분 어머님 상황이 너무나 속이 상하고 가슴이 아프고 화가 났다. 잠깐 화장실 다녀온다고 말한 후 화장실에 가서 한참 마음을 진정시키고 화를 내린 후에 다시 그분과 통화를 시작했다.

소셜워커로서 나는 당신의 어머님 복지에 관해 얘기할 수밖에 없는데, 지금 두 분이 잘못하고 있는 것이라고 조용하지만 분명히 얘기했다.

"미국 정부에서 더욱 건강하게 삶을 사실 수 있도록 도우미를 붙여드렸는데, 치매인 어머니는 그러한 도움을 받지 못하고 지금까지 방치되어오신 것이죠. 어머님 본인이 자기 의견을 내지 못한다는 이유로 당연히 받아야 할 권리를 두 분 따님이 빼앗은 것입니다. 어머님은 보호받아야 하고 좀 더 나은 환경에서 살아갈 권리가 있는 것 아시나요? 시설에서 학대할 것 같아서 어머님을 못 보내겠다고 하셨는데, 지금 두 분이 어머님을 방치해두고 학대한 것 아시나요?"

나의 지적에 그분이 당황하더니 "레지나 선생님의 도움을 받으려고 전화한 건데 제가 오히려 야단을 맞네요?" 하신다. 나는 "제가 도울 수 있는 일도 있지요. 어머님이 정당하게 권리를 누릴 수 있을 때 저도 도움을 드릴 수 있는 거지요"라고 답했다.

그분은 자기의 거취 문제를 상의하려다가 오히려 야단을 맞는다며 목소리가 불편해져 갔다. 나는 "제가 당신에게 4년 전에 말씀드린 일 생각나세요?"라고 물었다.

이분하고 나의 인연은 오래되었다. 20여 년 전 이분의 미장원에서 머리 손질을 받은 적이 있다. 이분이 내가 소셜워커인 것을 알고서 사회복지에 관하여 여러 가지 질문을 하셨다. 그때 이분이 혼자 아들 둘을 키우는 것을 알게 되면서 우선 조금이라도 돈을 마련하여 작은 집이라도 구입해 두라고 조언을 해 주었다.

나는 그분에게 어머니를 어떻게 할지에 대한 의견을 전했다. 이곳에 있는 좋은 시설에 보내드리고, 그곳에서 여러 프로그램에 참여하고 치매치료를 병행하다 보면 치매를 좀 더 늦출 수 있으니 그렇게 하는 것이 어떻겠냐고 물었다. 아니면 매일 매일 노인들이 다니는 데이케어에 갈 수 있도록 연결해드릴 수 있다고 하니, 지금 코로나 상황인데 매일 매일 그곳에 나가도 괜찮겠냐고 물어온다.

"분명한 것은 어머님이 그곳에 가시면 혼자가 아닌 다른 분들과 함께할 수 있어 훨씬 상황이 나아질 거예요. 말벗도 생기고 그곳에 상주하는 의료진의 도움도 받을 수 있고요. 또 그곳에서 하는 프로그램에 참여도 할 수 있으니까요."

생각해보겠다는 그분께 나는 부드럽지만 좀 더 강하게 얘기했다.

"제가 어머님의 사정을 몰랐다면 모르지만, 만약에 당신이 어머님을 그 상태로 그냥 두신다면 제가 제 할 일을 해야겠네요."

내가 정색하고 얘기하자 그분은 "아니, 우리 어머님이신데요"라고 말한다.

나는 입장을 바꾸어 생각해보라고 이야기했다. 만일 당신의 아들들이 당신이 어머님께 한 것과 똑같이 당신을 대우한다면 어떤 심정이겠냐고. 내 얘기를 들은 그분은 아무 말도 없더니 잠시 후 "물론 속상하겠지요"라고 답을 한다.

"그래요! 당신이 당신 어머니께 하고 있는 것을 본 당신의 아이들이 당신에게도 그대로 할 겁니다."

그렇게 가면 안 되잖아!

3일간의 출장으로 ○○○주에 갈 일이 있었다. 다른 주로 출장을 가게 되는 경우는 시애틀에서 약물에 중독되었거나, 약물 운반책으로 활동하다 조직의 루트를 경찰 쪽에 제공하여 조직으로부터 지속적으로 폭력과 생명의 위협을 받은 이들을 보호하기 위해서다. 이들의 주거지를 다른 주로 옮겨주고 이름을 바꿔주며 신분을 새롭게 만들어 이들이 새 삶을 살아가도록 돕는 일이다. 조직폭력에 의해 이용당하다가 쫓기게 되는 케이스도 역시 우리 프로그램이 보호한다. 정보제공자에게 공권력에서 제공할 수 있는 최대의 도움을 주는 일이다. 이럴 때는 이들과 담당 카운슬러 그리고 이들의 안전을 책임져주는 안전요원 등이 함께 이동하게 되는데, 정보제공자 고객들은 사복경찰들과 함께 떠나고 담당 카운슬러들은 멀찍이 자리를 잡고 가기도 한다.

새로운 도착지에서 다시 만나게 되면 이들과 우리 카운슬러들은 급속도로 친해진다. 이들이 아무런 연고자도 없는 새로운 곳에서 시작하려면 외롭고 힘든데 카운슬러나 소셜워커들이 위로해주고, 새 터전을 잡는 것을 도와주니 위로가 되고 안심이 되는 듯하다. 우리에게 마음을 터놓고 자신의 과거 이야기를 털어놓기도 한다.

여러 종류의 범죄에 연루되어있다가 상처를 받고 그래도 살아보겠다고 자리를 털고 일어나려는 이들에게 새 삶을 찾도록 도와주는 것은 참으로 보람있는 일이다. 이들이 새 삶의 터전에 자리 잡도록 우리도 며칠간 그곳에 머물면서 새로운 비영리단체와 연결시켜 주고, 이들에게 필요한 베네핏과 생활에 필요한 도움을 준다. 이들과 함께 지내다 보면 문득 나의 직업은 참으로 축복이라는 생각이 든다. 한번 살아가는 인생길에서 나와 가족, 주위 사람들만 생각하며 살아가는 것이 아니라, 전혀 모르는 어떤 이의 삶에 관여하고 그들의 삶에 도움의 손길을 펴서 그들이 새롭게 살아가려는 데 받침대가 되어주는 일은 얼마나 신나는 일인가? What a blessing(얼마나 축복이야)!

여러 가지 일들 가운데 지금도 내 가슴 한구석을 아프게 하는 케이스가 기억이 난다.

○○○은 예쁜 금발의 소녀였다. ○○○는 동유럽의 가난한 나라에서 노동자인 아버지와 엄마 사이에서 세 명의 동생을 둔 맏딸이었다. ○○○의 아버지는 공장에서 일하다 다쳐서 집에만 누워서 지내고, 몸이 약골인 어머니는 불구가 된 남편과 자

식들을 먹여 살리려 물건을 싸 가지고 다니며 팔면서 생활했다. 엄마는 몸이 약해 장사를 나가는 날보다 쉬는 날이 더 많아 여섯 식구가 먹고살기 힘들었다. 맏딸인 ○○○은 열일곱 살이 되던 해 미국 어느 부잣집에서 여름방학 석 달간 아이들을 돌봐주는 일을 하는 데 엄청난 월급을 준다는 뉴스를 읽고 부모님과 상의 없이 광고를 낸 곳으로 찾아가 상담했다. ○○○는 며칠 동안을 고민하다가 부모님께 사실대로 말씀드렸고, 부모님은 일단 3개월만 가서 일해보고 마음에 들지 않으면 돌아오라고 마지못해 허락해주었다.

○○○은 미국에서 아기 돌보는 일을 소개해준다는 젊은 남자를 따라 급하게 여권을 만들고 학교를 휴학한 후 이들이 마련해준 비행기를 타고 미국으로 입국했다. ○○○은 집을 떠나 전혀 아는 사람이 없는 미국으로 오면서 결심했다. 돈을 벌면 한 푼도 쓰지 말고 엄마·아빠에게 보내자. 돈을 열심히 벌어서 꼭 집안을 일으켜 세우자.

○○○이 소개받은 집은 입구가 으리으리한 저택이었다. 그런데 이 집은 그냥 평범한 가정집이 아니었고, 집안 커다란 홀 안에는 제3국의 가난한 나라에서 미국에 가면 많은 돈을 벌 수 있게 해준다는 꼬임에 넘어가 따라온 어린 여자아이들이 20여 명 모여 있었다.

이 나쁜 악당들은 각 나라에 있는 이들의 조직망을 통해 가난한 가정의 어리고 순진하고 예쁜 여자아이들을 꼬여 미국으로 데려왔다. 이들이 입국하자마자 이들을 한곳으로 몰아놓고 가둔 다음 여권을 압수하고 성매매 교육을 시켰다. ○○○의 이야기를 듣는 내내 가슴은 천둥·번개가 치듯 화가 나서 숨이 찰 지경이었다. 이들이 성매매 교육을 받고 거리로 나서는 시간은 30일 이후다. 이들과 함께 있는 30일은 그야말로 죽으라면 죽는 시늉까지 해야 하는 삶이었다.

어느 날 성매매에 나서서 고객을 찾는 중 단속에 나섰던 사복경찰을 만나게 된 것은 ○○○에게 행운이었다. ○○○을 데리고 다른 주로 떠나는 보호 경찰이 오자 ○○○이 얼굴이 굳어지면서 혼자 가기 싫다고 울먹인다. "나 혼자서 가는 게 무서워!" 나는 ○○○을 가만히 안아주며 "내가 너랑 같은 비행기를 탈 거야. 같이 앉지는 않겠지만, 내가 너를 지켜보고 있을 거니까 안심하고 비행기 타면 돼"라고 얘기해주니 그늘이 졌던 ○○○ 얼굴에 작은 미소가 어린다. 나는 ○○○을 안아주며 걱정하지 말고 그곳으로 가면 된다고 말했다. 이름도 바꾸고 머리 색깔도 바꾸고 새로운 인생을 살 수 있을 것이고, 무료 변호사를 통해 충분히 도움을 주겠다고 했다.

9개월 후 이 소녀가 이주해간 새로운 곳의 소셜워커한테서 전화가 왔다. 그가 죽었다고 했다. 열심히 일해서 돈을 벌고 가족을 돌보겠다고 하던 그의 죽음을 이해할 수 없었다.

○○○은 그곳으로 옮겨가고 나서 나와 함께 머무르던 3일

간을 무척이나 그리워하며 다시 우리 프로그램으로 가고 싶다고 소셜워커에게 졸랐다고 했다. 그러나 ○○○의 안전을 위해 우리 프로그램으로 올 수 없었다. ○○○은 우울증이 심하게 와서는 건물 높은 곳으로 올라가 몸을 던져 버렸다.

○○○의 죽음을 전해듣고 정말 힘들었다. 잠도 잘 수 없고 화가 나기도 하고 가슴 한가운데가 예리한 칼에 찔리는 듯한 아픔을 느껴 많이 울었다. 너무 아프다!

You are my sunshine!

휴우! 차를 타고 이곳을 못 찾아서 한참을 헤맸다. 아니, 주소는 있는데 집이 없다. 이쪽 지역이 조금 우범지역이라고 소문난 통에 운전하면서 길을 잘못 들으니 은근히 겁도 났다. 아니, 뭐야 도대체 건물이 어디에 붙어있는 거야! 내가 이곳을 한 달에 네 번씩 방문해야 한다고? 주위를 둘러보니 몇몇 사람들이 나와 서 있는데 왠지 조금 불량해 보이기도 하여서 조금씩 마음이 흔들린다. 공연히 혼자 왔나? 우리 사무실 아웃리치 스페셜리스트하고 함께 올 걸 그랬나? 아웃리치 스페셜리스트들은 대체로 키가 크고 체격도 좋은 직원들로 구성이 되어있어 함께 다니다 보면 보디가드랑 다니는 느낌이 들어 힘이 된다.

오늘 내가 찾아온 내 고객은 정신질환자이다. 우리 프로그램에는 11년 전에 들어왔고, 내 고객이 된 것이 5년 전이다. 내 고객은 약을 매일 복용하면 정말 멋진 신사였다. 큰 키에 이목구비가 분명한 잘생긴 아프리카계 미국인이다. 그는 약을 제대로 복용하고 생활하면 멋있다고 따라오는 여자들도 있다면서 나에게 자랑했다. 물론, 나는 내 고객의 상태를 아니까 여자와 교제하는 것에 대해 그다지 환영하지는 않았다. 내 고객이 약을 빼먹거나 못 먹을 경우 발작이 일어날 수 있기에 혹시라도 여자하고 교제하다가 상처를 받을까 봐 적극적으로 환영하지 못했다.

그는 군대를 다녀왔기에 상이군인이 받는 베네핏으로 한 달에 1,400불 정도를 받았다. 우리 프로그램에서 스튜디오를 제공하고 아침식사와 저녁식사를 대접해주며 한 달에 425불 정도를 렌트비와 식비로 받는다. 그런데 그가 팬데믹 바로 시작 전에 자기가 살던 아파트 6층에서 밖으로 뛰어내렸다. 매주 만나던 그를 2주일 동안 못 만난데다 폐렴까지 와서 거의 10여 일동안 사무실에 나가지 못할 때 일이 벌어진 것이다. 다행히 목숨은 건졌지만, 온몸의 뼈들이 거의 모두 부서졌다고 했다.

코로나가 시작되면서 병실 방문이 허용되지 않았다. 그가 코마 상태여서 더욱 애를 태웠다. 병원에서 방문해도 좋다는 연락이 온 것은 내 고객이 병원에 입원한 지 8개월 후였다. 코로나가 극성을 부리던 때라 백신을 두 번 맞고 우주복 같은 병원복을 입고 눈만 빼꼼 내놓고 그를 방문했다. 병실에 누워있던 그가 내 목소리를 듣더니 아주 작은 목소리로 "오, 마이 선샤인 레지나!"라며 미소짓는다. 담당 간호사가 말하기를, 그가 의식을 회복한 후 제일 먼저 한 말이 '레지나'였단다. 그 레지나가 누군지 궁금했는데 바로 당신이었군요, 하며 웃는다.

　내 고객에게는 가족이 없다. 아니, 가족이 어딘가에 살고 있을 터인데 아무도 연락이 안 된다. 부모가 살아있을 수도 있고 또 형제자매가 있을 터인데, 내 고객이 가족의 정보를 가지고 있지 않았다. 몇 해 전 내 고객의 라스트 네임과 엄마의 이름을 미국 전역 소셜서비스에 알아보았는데 찾을 수 없었다. 그가 세상과 통하는 통로는 우리와 같은 소셜서비스에서 일하는 몇몇 사람일 뿐이다.

　그와 나는 지난 5년간 고객과 카운슬러 관계로 일주일에 한 번, 때로는 필요에 의해 좀 더 자주 만났다. 정신상담은 물론 필요한 것들을 온갖 네트워크를 통해 도와주다 보니, 내 고객은 나를 보면 항상 기뻐하며 "You are my sunshine(당신은 나의 태양)"이라고 이야기했다. 자기의 삶을 세상과 소통하게 해주는 사람이라는 뜻이었다.

　내 고객은 병원에서 1년 8개월 재활과정을 거쳤다. 퇴원 이후 병원 소셜워커와 주정부 소셜워커의 결정으로 이곳 가정양로원으로 옮기게 되었다. 내 고객이 지금 지내고 있는 곳은 조금 불편하고 협소하다. 그와 상담을 하면서 이곳은 내 고객이 머무를 곳이 아니라는 결론을 내렸다. 다음 주부터는 내가 더 바빠야겠구나! 내 고객이 더 환하고 밝은 곳으로 옮겨갈 수 있는 방법을 찾아낼 것이다.

덩치가 산처럼 큰 내 고객은 물기 어린 눈으로 나를 보며 얘기를 한다.

"레지나, 나 잘 먹고 운동을 많이 해서 꼭 그곳으로 돌아갈 거야. 다음 주에도 나를 방문해 줘."

내가 손을 흔들며 "잘 있어!"라고 이야기하니 그가 노래를 한다.

"You are my sunshine! My only sunshine!"

지지치 않은 노고와 헌신에
감사 드립니다

권준(시애틀 형제교회 목사)

미국에 살면서 자신의 내면 문제를 자신의 언어로 상담하고 치유받을 수 있다는 것이 얼마나 큰 축복인지 모른다. 육신의 병을 치유하기 위해서도 같은 언어를 쓰는 사람을 찾기 마련인데, 정신의 문제를 치유하기 위해서 한국말을 하는 사람을 찾아 좋은 치유를 받는 것처럼 복된 일은 없을 것이다.

그런 면에서 레지나 채의 활동은 특별히 한국말을 사용하는 교포들에게 큰 도움과 위로가 되었을 것이다.

그 활동 중의 일부를 소개한 이 책을 통해 큰 위로를 받기를 바라며 적극 추천한다.

사랑의 망토를 두른
지역의 영웅, 레지나

신디 류(미국 하원의원)

　레지나 채(Regina Chae)는 망토를 두르고 있지 않지만, 지역의
영웅입니다.

　사회복지사, 미식가, 열성적인 여행가, 유행을 선도하는 한
국계 미국인으로, 그녀는 일을 통해 사회 곳곳에 영향을 미쳤
고, 심지어 일부 생명을 구했습니다.

　수십 년 동안 시애틀 지역에서 발행된 그녀의 사려 깊은 칼
럼은 많은 사람에게 위로가 되었습니다.

내 친구
울트라 긍정 우먼, 레지나

조아나 정(워싱턴주 뜨레쥬르 베이커리 총판매장)

레지나가 무엇을 하는 사람인지를 한마디로 정의할 수 있는 사람은 없을 것 같다.

그를 감옥에서 만난 이는 소셜워커, 존의 교회에서 찬송을 하는 그를 본 이는 사모, 한인들의 행사에 봉사자로 혹은 참석자로 만난 이는 봉사자, 삶이 힘들어서 손을 내민 이들에게는 카운슬러며 한 끼 밥을 사주는 엄마, 그리고 내게는 에너지가 없어야 함에도 에너지가 넘쳐 나는 울트라 긍정의 힘을 가진 용감한 친구이다. 그래서 그가 그렇게 바쁜 하루하루에도 이같은 컬럼을 이어가는 것을 볼 때는 이것이 그의 정신적인 힐링이겠구나, 생각된다.

자신을 찾는 곳은 언제 어디든지 뛰어가고 어떻게든 해결법을 찾기 위해 여기저기 전화하고 카톡을 날리고. 자신이 알고

있는 '지인 찬스'는 무조건 이용해서 이들을 도와주거나 힘이
되려고 뛴다.

"조아나, 우리 고객하고 미팅을 했는데 며칠 못 먹고 힘드네,
밥 좀 먹여 줘도 될까?"
"직장이 필요한데, 기회를 줄 수 있을까?"
"빵들 좀 모아다가 센터에 가져다줘야겠다."

시애틀 다운타운 거리를 헤매는 이들, 미국이라는 먼 타국에
와서 파탄이 난 결혼생활을 보내는 여린 한국 사람들, 또 사기를
당한 어르신들, 모두 그에게 도와달라고 손을 뻗친다.

그런데 레지나의 웃음과 친절 뒤에는 그 자신의 강한 긍정의
힘이 그를 버티게 한다. 어린 시절부터 몸이 많이 아팠던 그는
누구에게도 아픈 티를 내고 싶어 하지 않는다. 예전에 레지나
가 힘든 치료를 받고 난 다음 날 봉사단체 미팅을 가야 하는데,
아침에 상태가 너무 안 좋아서 갈 수 없다고 전화가 왔다. "그
래 쉬어야지." 그런데 1시간이 채 되기도 전에 다시 전화가 왔
다. "좀 괜찮아. 이제 갈 수 있어." 꾸역꾸역 가방 들고 나와서
봉사한다. 정말 힘이 들 텐데. 정말 오뚝이 같다.

내일 당장 이 세상이 사라진다고 해도 아마 누군가가 도움이 필요하다고 연락이 오면 그는 달려갈 것이다.

　내게는 끊임없이 하루하루의 삶에 긍정적인 힘을 가지게 하고 세상을 적극적으로 살아가는 모습을 보여준 내 친구가 정말 자랑스럽다. 수없이 쌓여 있는 그의 드라마 같은 체험들을 글로 모아 책으로 엮었다. 이제 세상 사람들이 그 글 뒤에 숨어 있는, 삶이 힘든 사람들의 애환을 읽을 수 있을 것이다. 그 열정으로 이 세상을 더 따뜻한 곳으로 이끄는 작은 길을 자박자박 걸어가는 그가 행복해 보인다.

지지치 않은 노고와 헌신에
감사 드립니다

리사 마리온(킹 카운티 검찰 검사)

30년 가까이 우리 지역 한인사회를 위해 봉사한 한인사회봉사센터장 레지나 채에 대한 깊은 감사와 존경을 표합니다.

사회복지사로서 레지나는 많은 한국 사람들에게 주택, 사회보장 혜택, 의료 및 상담에 접근하는 것을 도왔습니다. 그녀는 또한 무료 버스 패스, 저렴한 유틸리티 및 번역 서비스와 같은 일상생활 필수품에 대한 공평한 접근을 옹호했습니다. 한국계 미국인 가족을 무료 상담해주고, 무료 법률 서비스에 연결하기 위해 열심히 노력했습니다.

업무 외에도 레지나는 형사사법체계에 얽혀있는 한국계 미국인들이 교육과 재활 서비스에 접근할 수 있도록 열심히 노력했습니다. 레지나의 봉사활동은 종종 소외되고 잊힌 우리 공동체에 중요하고 지속적인 영향을 미쳤습니다.

레지나의 따뜻하고 자상하며 너그러운 성격은 그녀의 일과 봉사활동에 반영되어 있습니다. 그녀는 또한 똑똑하고, 자신감 있으며, 한인사회에 치열하게 헌신하고 있습니다. 레지나의 노고, 지치지 않는 헌신, 개인적인 봉사와 희생은 우리 지역의 수많은 한인의 건강과 안녕을 향상시켰습니다.

동료 한국계 미국인으로서, 저는 레지나가 우리 사회에 많은 기여한 것에 감명을 받았습니다. 레지나는 우리의 감사를 받을 자격이 있습니다.

우리 모두는
레지나 같은 사람이 필요합니다

에릭 서(시애틀의 1차 진료 웰니스 박사)

저는 알고 있습니다.

그녀는 한국 커뮤니티에 관여하고 봉사활동과 자원봉사에 열정을 가지고 있습니다.

그녀는 많은 이민자가 '아메리칸 드림'을 탐험하는 데 도움이 되었습니다. 또 그녀는 여행과 음식에 대한 열정적입니다.

심지어 그녀는 나의 부모님을 돕고, 우리에게 점심식사를 대접합니다. 그녀는 우리 커뮤니티의 자산입니다.

우리 모두는 레지나 같은 사람을 필요로 합니다.